Neben vier fränkischen Krimis
(*Spiel des Schattens, Die Mondfrauen,
Das Minzblatt, Eiszapfen*) und einem
modernen Märchenbuch
(*Traumwelten für jeden
einzelnen Tag der Woche*)
begibt sich der Autor Harald Weiß (58),
geboren und wohnhaft in Nürnberg,
mit „*Das verlassene Dorf*" in das
Metier des Kurzromanes.

Alle in diesem Buch geschilderten Handlungen und Personen sind frei erfunden. Ähnlichkeiten mit lebenden und verstorbenen Personen wären zufällig und nicht beabsichtigt.

Biografische Informationen der Deutschen Nationalbibliothek: Die Deutsche Nationalbibliothek verzeichnet diese Publikation in der Deutschen Nationalbiografie, detailliertere biografische Daten sind im Internet unter http://dnb.d-nb.de abrufbar.

© 2018 Harald Weiß
Herstellung und Verlag:
BoD – Books on Demand, Norderstedt.
ISBN: 9783752873504
Alle Rechte vorbehalten
Umschlaggestaltung: Ralph Meidl
Lektorat: Birgit Hofmann
Printed in Germany
2018 Roman
Originalausgabe
www.haraldweiss.info

Ich widme dieses Buch allen,
die mir bei der Entstehung geholfen haben.
Meiner Lektorin, Frau Birgit Hofmann,
Ralph Meidl für die Covergestaltung
und den Testlesern Claudia Roder,
Sabine und Werner Moschner.

Harald Weiss

Das verlassene Dorf

Eine spannende wie mystische
Familiengeschichte

Das verlassene Dorf

Kapitel 1

Vorsichtig setzte er seinen Fuß auf die hölzerne Veranda. Die Zeit hinterließ hier ihre Spuren im alten Boden. Das leichte Vibrieren unter den Beinen stoppte ihn innerlich bei jedem Schritt. Aber das immer gleich tönende dreimalige Geräusch zwang ihn dazu weiter zugehen.

Tock, tock, tock...

Sein Instinkt warnte ihn vor dem Aberwitz. Doch irgendetwas in ihm trieb ihn weiter. Bis hin zur Eingangstür dieser alten Hütte. Obwohl die Dämmerung auf sich warten ließ, wirkte das Gebäude von außen düster, dunkel und kalt. Durch die zugeklappten Holzjalousien erkannte er nur ein unregelmäßiges Flackern, welches durch die wenigen Ritzen nach außen drang. *Gehe deinen normalen Weg weiter, so wie du es geplant hast,* empfahl ihm seine innere Stimme. *Lass das hier sein.*

Nur, vernünftig war er selten im Leben gewesen.

Die rechte Hand spürte den Türknauf. Seine Augen schloss er schnell beim Anblick von Dreck, Schäbigkeit und einem roten Etwas, das am Griff haftete.

Blut?, schoss es ihm durch den Kopf, ohne das er dabei Türknauf losließ. Er unterdrückte den Reflex seine Hand an der Hose abzuwischen. Kräftig drehte er ihn nach rechts. Mit einem Ruck sprang die Tür auf, und er entdeckte im diffusen Licht, das jede Sekunde an- und ausging, ein wildes Durcheinander.

Tock, tock, tock...

Kehre um! Wer weiß, was du da drinnen vorfindest, mahnte ihn sein Gewissen.

Leider hörte er nicht allzu gern darauf. Schon stand er in der Tür zum ersten Raum. *Oh Gott, was für ein Sammelsurium*, stöhnte er kurz auf. Alte Bücher neben unzähligen Kisten, Behältern, Gläsern und allerlei Krimskrams.

Verkommen, schäbig, abgenutzt, so sein Eindruck. Jede Menge Traumfänger zierten den Raum. In unterschiedlichen Längen hingen sie von der niedrigen Decke herab.

Kaum dass er sich zwei Schritte näher im Raum aufhielt, fiel die Eingangstür wieder ins Schloss.

Fast lautlos, aber nicht zu überhören.

Verwundert schaute er sich um. *Es hat doch gar nicht gezogen?*

Kalt lief es ihm über den Rücken und er spürte in diesem Moment, dass er nicht alleine war. Schweiß rann ihm von der Stirn, sein Hals schnürte sich zu, und für einen Moment fühlte er sich wie gelähmt.

Tock, tock, tock...

Reiß dich zusammen. Hier ist nichts. Nur deine Fantasie bricht mit dir durch. Das flackernde Licht verwirrte seine Augen. Er las ein paar Titel der staubigen Bücher. Sie lagen wahllos übereinander.

Dark Wood

Stigmata

Im Schatten der Nacht

Wahnsinns Lektüre. Mehr vermochte er nicht entziffern, die anderen Bände waren zu verschlissen.
Was ist denn das?, durchzuckte es ihn beim nächsten Aufflackern des Lichts. Ein dickes, rundes Glas stand direkt neben den besagten Büchern. Schwarz vor Dreck, so dass es ihm schwerfiel, den Inhalt auf Anhieb zu erkennen. Nur ein mulmiges Gefühl in ihm ließ das Blut in seinen Adern gefrieren.

Er zwang sich, beim nächsten hellen Lichtflackern genauer hinzusehen, und so starrte er kurz darauf in zwei weiße Augen, die in dem Glas die letzte Ruhestätte gefunden hatten.

Voller Schreck taumelte er zurück. Dabei stieß sich heftig am kleinen Tischchen vor dem Regal und die alte Öllampe fiel laut krachend auf den ungleichmäßigen Holzboden.

Geh raus hier, schrien seine Gehirnzellen. *Es funktioniert nicht,* antwortete er sich selbst.

Die Beine zitterten für ein paar Sekunden. Sein Gaumen fühlte sich schlagartig trocken an, als das Flackern des Lichtes in völlige Finsternis überging.

Tock, tock, tock...

Ein leichter Lufthauch streifte sein Gesicht, und langsam weiteten sich seine Pupillen.

Werde jetzt bloß nicht verrückt und dreh durch. Sammle dich. Lass dich von deinen Hirngespinsten nicht blenden.

Genauso schnell wie die Dunkelheit gekommen war, verschwand sie. Das Licht flackerte wieder in seiner gewohnten Unregelmäßigkeit. Er hielt kurz den Atem an, kniff die Augen zusammen, um mit dem nächsten Blick auf den Boden etwas Dunkles von einer Seite auf die andere huschen zu sehen. Klein, schnell, ekelig.

Eine Ratte oder was zum Teufel war das? Ist doch normal bei so einer verkommenen Hütte, analysierte er, um sich Mut zu zusprechen.
Langsam schritt er weiter in Richtung des Geräusches, das ihn in dieses Haus gelockt hatte.

Tock, tock, tock...

Dieses Geräusch, das ihn von Anfang an so faszinierte. Seine linke Schläfe streifte ein Gebilde aus alten, bunten Perlen, welches von der Decke weg nach unten baumelte.
Erneut erlosch das Licht mit einem unruhigen Zucken. Geheimnisvoll tauchte die Umgebung in Dunkelheit ein.
Fast alles, bis auf den schmalen Lichtschein, der vom Türspalt der vor ihm liegenden Tür hervorstach. Hell, verführerisch, Neugierde erweckend.
Kurz überfiel ihn ein ungutes Gefühl. *Nimmt mein Schicksal einen seltsamen Verlauf?*
Verstört orientierte er sich nach vorne.
Was verbirgt sich im nächsten Raum?
Dicke, fette Spinnweben umgarnten den rostigen Türgriff. Voller Ekel hob er seine rechte Hand an.

Tock, tock, tock...

Ich bin echt gespannt, was sich dahinter verbirgt.

Überdeutlich spürte er seinen Herzschlag und kurz bevor er die Tür öffnete, ertönte ein heller, langgezogener Klagelaut, der sich in sein Gehirn bohrte.

Die rechte Hand zuckte zurück und der bisherige Lichtschein verschwand. Tiefe, undurchdringliche Schwärze umgab ihn. Er vernahm Schritte, dumpf über den Boden schleifend, laut, verbunden mit weiteren Klagelauten.

Alles in ihm zog sich zusammen wie ein zu Eis gewordener See. Gefroren und kalt.

Verdammt, das finde ich aber jetzt gar nicht mehr lustig. Er verharrte auf der Stelle, unschlüssig eine Entscheidung zu treffen.

In der nächsten Sekunde erschien schlagartig erneut der Lichtschein unter der Tür.

Ich gehe jetzt da rein.

Mit einem schnellen Schritt und in größter innerlicher Anspannung zerrte er am Türknauf, drückte dagegen, doch es bewegte sich nichts. Die Tür gab nicht nach, öffnete sich keinen Zentimeter.

Gleichzeitig verstärkte sich bei seinem Versuch der unwirkliche Klagegesang. Sein Gehirn schmerzte zunehmend.

Tock, tock, tock...

Mit zitternden Lippen bemerkte er, wie der Lichtschein sich zeitweise verdunkelte.

Das ist ja abgefahren, stellte er verblüfft fest, bevor er ein irres Lachen ausstieß.

Sein ganzer Körper vibrierte, seine Zähne klapperten, Panik kroch in ihm empor. Die Schritte wurden lauter.

„Hallo", flüsterte er voller Zweifel. Doch er nahm keine Geräusche mehr wahr. In dem Raum, in welchem er sich aufhielt, flackerte das Licht wieder auf. Der Lichtschein unter der Tür verschwand im Nichts.

Tock, tock, tock...

Tock, tock...

Tock...

Ruhe, nur mehr das leichte Flackern des Lichtes beherrschte den Raum. Fast beängstigende Lautlosigkeit umfing ihn. *Ich habe sie gesehen. Die Welt auf der anderen Seite.* Dunkle Gedanken durchfluteten seine Gehirngänge.

Die Eingangstür schnappte auf, frische Luft drang sehnsüchtig nach innen. *Warum nur?*

Doch bevor er seine wirren Gedanken vertiefte, sah er für einen Moment ihre Gestalt. Im düsteren Licht der jetzt untergehenden Sonne stand sie aufrecht im Türrahmen. In der nächsten Sekunde verschwand sie in die Unendlichkeit.

Sein Gehirn setzte aus, er fühlte sich nahe einer Explosion zum Wahnsinn. Mit einem dumpfen Knall fiel die Eingangstür ins Schloss zurück.

Die Augen fixierten den dunklen Raum. Schemenhaft erahnte er ihre Umrisse am Ende des Zimmers.

Irrsinn flackerte in seiner Iris auf. Absolute Handlungsunfähigkeit übernahm das Kommando über ihn.

Völlig durchgeschwitzt, versuchte er, kleine Schritte zu setzen, stieß achtlos im Weg stehende Flaschen zur Seite, was seine innere Unruhe nicht verringerte.

Ich flüchte hier raus. Jetzt regierten nur noch Angst, Verzweiflung und irre Gedanken über ihn. Überhastet griff seine Hand beim ersten Versuch, den Türgriff zu fassen, ins Leere.

Leicht stolperte er nach vorne, stieß mit der linken Schulter an die Holzvertäfelung neben der Tür.

Benommen ertastete er mit letzter Kraft den Knauf, drehte ihn und fiel nach dem Öffnen der Tür mit einem lauten Rumpeln auf die Veranda. Er vernahm das Geräusch einer Tür, das metallische Zuschnappen, als würde sie sich selbst absperren.

Benommen sank er in sich zusammen.

Ein letztes Mal drang dieses eintönige, faszinierte Geräusch an seine Ohren.

Tock, tock, tock...

Kapitel 2

Sein Gehirn vernahm diese Monotonie des Klanges, der ihn in die wirkliche Welt zurückholte.

Vorsichtig öffnete Marc Frederic Mullance seine von der Nacht verschwollenen Augen. Langsam erkannte er die Umgebung des Bettes. Den antiken Schrank, die alte Bauerntruhe an der Seite daneben, einen aufrecht sitzenden Buddha, und im Augenwinkel nahm er das Grün der zahllosen Bäume im Garten hinter der Fensterscheibe wahr.

Schwer ließ sich Marc in sein Bett zurückfallen. *Ich bin Zuhause. Wo bin ich gewesen?* Bruchstückhaft erinnerte er sich an die alte Hütte, das Geräusch, das Licht, an den eigenen Tod. Zaghaft tastete er mit den Händen seinen Körper von oben nach unten ab, als versuchte er sich vergewissern, dass er lebte.

Vom Traum ziemlich arg mitgenommen, schüttelte er verwundert seinen Kopf. Er spürte das Entsetzen, das ihn befiel. *Gott sei Dank ein versöhnlicher Ausgang der Geschichte.*

„Ich bin gestorben. Eindeutig. Ganz schön crazy", murmelte Marc sichtlich bewegt, bevor er all die Gedanken daran verwarf,

aufstand und sich barfuß auf den Weg in die Küche begab.
Eine Tasse Kaffee, ich brauche dringend Koffein.
Wenig später nahm er, ein Handtuch umhüllte seinen durchtrainierten Körper, auf dem Barhocker in der edlen Küche Platz.

Tock, tock, tock...

Intuitiv umklammerten Marcs Hände fest die dunkelblaue Kaffeetasse. Aber das Geräusch der einzelnen Tropfen aus dem Hahn der Spüle ließ ihn aufatmen.

Tock, tock, tock...

Tief einatmend trank er einen letzten Schluck Kaffee, zog sich erst ins Bad und danach ins Schlafzimmer zurück, um eine halbe Stunde später fertig im Flur seiner Wohnung zu stehen.
Wer bin ich?, schien er sich beim Blick in den Spiegel in der Garderobe zu fragen.
Eindringlich betrachtete er sich. Marc nahm sein kurzes, volles Haar, seine markanten Gesichtszüge wie den athletischen Körper in Augenschein.
Die beigefarbene Leinenhose, das blütenweißes, kurzärmlige Hemd sowie die dunkelbraunen Lederschuhe rundeten sein äußeres Outfit ab.

11

Nicht übel für 45 Jahre, stellte er zufrieden fest.

Seine Augen trafen sich mit denen des Spiegelbildes, als ein heller Blitz in der Scheibe des Spiegels die Silhouette einer alten Hütte widerspiegelte. Sprachlos starrte Marc wie versteinert in die Glasscheibe über die einmalige Erscheinung.

Scheiß Traum, empfand er, öffnete die Haustür seines Anwesens im Nürnberger Süden und begab sich zum Auto, welches ein paar Schritte weiter in der Straße stand. Lässig steckte seine rechte Hand in der Hosentasche, die linke hielt eine dunkle Aktentasche.

Tock, tock, tock...

Sein Kopf folgte mit aufgerissen Augen nach links. Sein Nachbar hämmerte stetig und immer wieder im gleichen Takt gegen die kupferfarbene Dachrinne.

Tock, tock, tock...

Was für ein Alptraum, bescheinigte sich Marc, stieg in seinen Wagen und fuhr in die Kanzlei, wo er als Patentanwalt beschäftigt war.

Am Abend deckte er sich mit einem Menü seines Lieblingsvietnamesen ein. Dazu packte er zwei Flaschen Bier unterm linken

Arm dazu und beendete den anstrengenden Tag zuhause auf dem Sofa. *Abschalten, vergessen.* Müde und satt lehnte er sich zurück. Seine Augenlider glitten schwer nach unten, dennoch bemerkte er den hellen Lichtschein, der aus der Küche flackernd aufflammte. „Verdammt, ist meine Glühbirne kaputt?", fragte er sich verärgert. Schon etwas von der Müdigkeit benommen, lief die paar Schritte hinüber. Das Licht erlosch, Dunkelheit überflutete die Küche und Marc fluchte vor sich hin.

Ein Druck auf den Lichtschalter mit der rechten Hand, und die LED-Leuchte strahlte fest und ohne Unterbrechung, was ihn zu tiefst irritierte. *Spukt es hier bei mir?* Sofort verwarf er diese Idee, schaltete mit erneutem Drücken des Schalters das Licht aus, kehrte ins Wohnzimmer zurück und ließ sich schwerfällig auf sein schwarzes Ledersofa fallen.

Tock, tock, tock...

Sein Herz pochte wie wild. *Scheiße. Das ist mir jetzt zu viel.* Erneut erhob er sich, eilte in die Küche zurück, fand im Dunkeln den Wasserhahn über der Spüle und drehte ihn fest zu.

Ratlos beschloss Marc den heutigen Tag zu beenden und legte sich nieder.

Hoffentlich finde ich eine bessere Ruhe als letzte Nacht.

Seine letzten bewussten Gedanken drehten sich um den beschissenen Tag, die Arbeit im Büro, bevor er tief und fest einschlief.

Tock, tock, tock...

Schweiß rann ihm über den Nacken zum Rücken hinab. Er spürte den leichten Windhauch an den feinen Härchen seiner Arme, obwohl weder das Fenster oder die Tür Luft hineinließen.

Erneut flackerte das Licht, bis es schnell an Kraft verlor und sich die Düsternis in der Hütte ausbreitete. Wieder nahm er den Lichtschein unter der geschlossenen Tür wahr, dass Scharren von Füßen, das Wegrücken eines Stuhles, was seine Beklemmung fast bis ins Unerträgliche anwachsen ließ.

Tock, tock, tock...

In seinem Inneren verspürte er den Drang, sich zur Tür hinzuwenden.

Dem Geräusch nachgehen, als er ein leises Murmeln in seinem Ohr vernahm.

„Ich bin hier. Ich bin hier. Komm zu mir."

Eine sanfte, weiche Stimme benebelte seine Wahrnehmung.

Völlig verstört reagierte er auf diese Worte. „Wer bist du? Was bist du?"

Bevor sein Verstand sich gegen die Vorstellung sperrte, dass er Kontakt mit einem Geist aufzunahm, erlosch der helle Lichtschein, und die Stimme flüsterte ein kaum hörbares „Julia" als Antwort.

Schnell, ohne jegliche Überlegung hastete er nach vorne und drehte fest am Türknauf. Mit dem Öffnen der Tür fiel er polternd über die schmale Schwelle des Türstocks und landete krachend in einem alten, von Spinnweben umgarnten Leiterwagen.

Das morsche Holz splitterte entzwei, sein Körper prallte unsanft auf den Boden, Blut lief an seiner Schläfe herab, doch das monotone Geräusch war deutlich genug zu vernehmen.

Tock, tock, tock...

Langsam entschwand das Geräusch aus seinem Bewusstsein, als ob sich die Quelle immer weiter entfernte. Regungslos, mit dem letzten Atemzug, flüsterte er „Julia", um daraufhin endgültig aus dieser Welt zu scheiden.

Das Licht flackerte leicht, zuckte zweimal, bevor es wieder seine übliche diffuse Helligkeit abgab.

Tock, tock, tock...

Schreiend stieß Marc gegen drei Uhr nachts den Oberkörper nach oben. Seine nackte Haut fühlte sich schweißgebadet an, sein Kopf leer, sein Mund trocken, sein Herz angsterfüllt. Panik ergriff ihn.

Fluchtartig sprang er aus dem Bett. Voller Hast rannte er ins finstere Bad, stieß sich dabei schmerzhaft an dem Türrahmen, drehte den Wasserhahn des Waschbeckens auf und trank gierig schluckweise kaltes Wasser.

Danach tauchte er seinen Kopf vollends unter das Nass. Tränkte sein Haar damit, spürte die kalte Flüssigkeit wohltuend auf den Nacken, und langsam beruhigte sich sein aufgepeitschtes Inneres. Behutsam hob er seinen von Wasser tropfenden Kopf, beäugte den Spiegel und stützte sich fest mit den Händen auf dem Waschbeckenrand ab.

Tock, tock, tock...

„Dieser verdammte Wasserhahn", entfuhr es ihm, bevor er kräftig die vermeintliche Quelle der Tropfen stilllegte. Wieder fiel sein Blick in die Tiefe des Spiegels vor ihm.

Ein heller Schein überzog den großen Wandspiegel und ließ für einen Moment sein Gesicht aufleuchten.

Was er sah, war aber nicht sein Gesicht. Sondern das eines alten Mannes mit eingefallenen Wangen, einer markanten Nase und einem dichten, weißen Bart. „Das ist mir zu viel", stotterte Marc. Er tastete sich mit den Händen die Wände entlang zurück ins Wohnzimmer, riss die Terrassentür auf und schnappte splitterfasernackt die hereinströmende kalte Luft. *Ich glaube, ich werde wahnsinnig,* geisterte es ihm durch den Kopf.

Tock, tock, tock...

„Der Wasserhahn ist dicht", schrie er hysterisch, doch das Geräusch wiederholte sich in seinem Gehirn.

Tock, tock, tock...

Weinend lief er hinaus auf den Rasen, wälzte sich im feuchten Gras, drehte sich auf den Rücken und berauschte sich an der Stille beim Blick in die Dunkelheit des Universums.
Was läuft da für ein Film ab? Die Hütte, eine Frau, Julia? Wer bin ich dort? Was und warum? Es macht mir Angst.
In Marc verschmolz in diesem Augenblick seine Realität mit der Traumwelt.

Ein irres Lachen schallte durch die Nacht im Nürnberger Süden, bevor Marc, nach dem er in sein Bett flüchtete, in einen tiefen Schlaf versank.

Drei Stunden später riss er seine Augen auf. Zehn Minuten, bevor der Wecker die Nacht normalerweise beendete, und er fühlte sich unfähig zu beurteilen, was überhaupt geschehen war. Er lag im Bett, eingehüllt in seine leichte Daunendecke, der Wind spielte leise mit der Jalousie des Fensters, aber ansonsten vernahm Marc keine ungewöhnlichen Geräusche.

Sein Körper spannte sich an, als wartete er auf etwas Besonderes, aber nichts passierte. *Gott sei Dank. Alles ein Alptraum,* stellte Marc erleichtert fest.

Kapitel 3

Nur langsam fand er in den gewohnten Tag, glitt durch ihn hindurch, und am Abend fuhr er mit seinem Wagen hinaus an den Rothsee. In einem idyllischen Biergarten am Ufer des seichten Gewässers aß er zu Abend, trank ein achtel Glas Wein dazu und fühlte sich erstmals nach zwei Tagen wieder als Herr seiner selbst und des dazu passenden Körpers.

Nur seine Gedanken schweiften zeitweise ab. Erinnerten sich an das Licht, die Stimme, den alten Mann, an Julia.

Alles nur meine Einbildung?

Für heute wusste Marc keinen Rat, trank seinen Wein aus und orientierte sich in der schnell fortschreitenden Abenddämmerung auf den Heimweg.

Die Hitze des Tages freute förmlich darauf, in Gestalt eines Gewitters zu explodieren. Marc bemerkte am Horizont die ersten zuckenden Blitze, die für eine Sekunde die Landschaft zeigten.

Schon landeten vereinzelt Regentropfen auf der Windschutzscheibe. Deshalb fuhr Marc bei dieser mangelnden Sicht vorsichtig über die Bundesstraße.

Erneut erhellte ein greller Lichtschein die Umgebung von Marcs Auto über die Reichweite seiner Scheinwerfer hinaus. Eine dunkel gekleidete weibliche Person stand ein wenig weiter vorne in der Mitte der Fahrbahn. Reflexartig stieg Marc auf die Bremse, sein Auto verabschiedete sich fast zeitgleich in den Ruhestand, bevor ein Donnerschlag die Natur erzittern ließ.

Ein nächster Blitzschlag, ein erneutes Ausleuchten der Umgebung, doch Marcs Blick durch die Windschutzscheibe nahm keine Person mehr wahr.

Aufgeregt stieg er aus.

Sofort durchnässte der mittlerweile peitschende Regen seine Kleidung, als ein weiterer Blitz folgte. Aber er erkannte nichts Ungewöhnliches mehr. Nur die weißen Begrenzungspfosten links und rechts der Fahrbahn leisteten ihm Gesellschaft.

Den nächsten Donnerschlag vernahm Marc fast über sich. Dies veranlasste ihn, dass er sich schnell zurück in den Wagen begab. Er krallte sich fest in das Lenkrad, sein Atem ließ die Scheiben von innen beschlagen, und seine nasse Hose durchtränkte den Sitz unter ihm.

Ich bin doch nicht verrückt geworden? Nicht einmal ein ganzes Glas Rotwein habe ich getrunken, wunderte er sich verzweifelt.

„Reiß dich zusammen", schrie er laut, schaltete die Zündung ein und fuhr ohne Störungen nach Hause.

Als er kurz vor Mitternacht dort ankam, hatte es zu regnen aufgehört und der Himmel klarte auf. Die Aufregungen in den letzten Tage nagten spürbar an ihm.

Ich brauche Ablenkung, beschloss Marc. Er schritt in den Keller, der seinen Weinvorrat beherbergte, hinab,. Vier, fünf Flaschen stellte er nach der ersten oberflächlichen Begutachtung gleich wieder in das Regal, bevor er bei der jetzt in seinen Händen befindlichen Flasche innehielt.

„Ein Medoc", las er. *Ist das nicht der Wein, den mein Vater so geliebt hat? Prima. Chateau Les Tours de By, 2007.* Von ihm wusste er, dass diese Sorte Wein mindestens 12 Jahre trinkbar war.

Der ist fällig heute, beschloss er erfreut.

Die Flasche fest an sich gepresst, stieg Marc die schmalen Stufen der Kellertreppe wieder nach oben.

Obwohl das Licht in seiner Küche flackerte, ignorierte er es zu dieser späten Stunde.

Marc nahm sich ein Rotweinglas aus der alten Bauernvitrine in der Küche. Hier befreite er ungeduldig den Wein vom Naturkorken und trug beides, das Glas samt Flasche, auf seine Terrasse hinaus.

Da er das Licht ausgeschaltet hatte, fielen nur vereinzelte Strahlen der Straßenlaternen am Ende des Gartens Richtung Terrasse. Schwungvoll füllte er das Glas dreiviertel voll, hob es an die Lippen, nahm zwei, drei kräftige Schluck, goss sofort nach und stellte es kurzfristig auf den massiven Tisch aus Mangoholz.

Der Wein schmeckte ihm. Sein Vater hatte immer davon geschwärmt, wie grandios dieser Wein mundete, obwohl er aus drei verschiedenen Rebsorten produziert wurde.

Das Geheimnis liegt natürlich beim Winzer, vermutete Marc, nahm erneut das Glas in die Hand, drehte es andächtig hin und her, gierte sehnsüchtig auf die dunkle, rote Farbe, bevor er es mit einem weiteren kräftigen Schluck fast leerte.

Er schenkte nach. Ihm war heute nach Betrinken, sinnlosem Betäuben zumute. *Komisch, ich habe schon lange nicht mehr an meinen Vater gedacht. Frederic Mullance. Deshalb sein Name: Marc Frederic Mullance.*

Sein Vater hatte all die Jahre des Daseins in seiner Geburtsstadt Morges gelebt, einer kleinen Stadt in der Schweiz, direkt am Genfer See, zu Füßen des Mont Blanc. *Ein bezauberndes Flecken Erde,* bemerkte Marc bei jedem Besuch aufs Neue.

Mich hat es immer in die Welt hinausgezogen.

Wehmütig dachte Marc an die Stationen seines Lebens. Lausanne, Genf und nun Nürnberg. *Er hat mich nie verstanden.* Vor zwei Jahren starb sein Vater beim Spaziergang entlang der Uferpromenade seiner Heimatstadt Morges, der Blumenstadt. *78. Nur 78 Jahre alt ist er geworden.* Matt schloss er die Augen, trank blind den letzten Schluck Wein aus dem erneut gefüllten Glas, schenkte sich den Rest der Flasche nach und leerte ihn ebenso. Plötzlich überfiel Marc große Müdigkeit. Ein Tribut der zu schnell geleerten Weinflasche.

Ich will schlafen, dachte er, als sein Oberkörper langsam die Stuhllehne nach unten rutschte und sich seine Beine der Länge nach auf einem der übrigen Stühle ausstreckten. Marc schaffte es rechtzeitig, das leere Glas auf dem Tisch abzustellen, dann fiel er in einen tiefen Dämmerschlaf.

Der Alkohol benebelte so schlagartig seine Sinne, dass er nicht in den Genuss eines Traumes kam. So hörte er nicht das entfernte Geräusch aus seiner Küche, das gegen halb drei Uhr kurzzeitig die Stille der Nacht störte.

Tock, tock, tock...

Ebenso wenig bemerkte er den Schatten im Dickicht seiner Hecke. Er bewegte sich, dem Anschein nach, fast schwebend von links nach rechts über den Boden

Tief und fest schlief Marc Frederic, aufgerieben von den letzten beiden Nächten und einer kostbaren Flasche Rotwein.

Erst das vielstimmige Konzert der zahlreichen Singvögel in seinem Garten holte Marc am nächsten Morgen in das Hier und Jetzt zurück.

Sein Schädel brummte, seine Glieder schmerzten, bedingt durch die unbequeme Schlafposition auf zwei Stühlen.

Fast fünf Uhr, stellte er mit einem Blick auf sein Smartphone fest, welches die Nacht zwischen dem leeren Glas und der Flasche auf dem Tisch herumlag. Halb schlafend steckte er es in eine seiner Hosentaschen, erhob sich schwerfällig und wankte in sein Schlafzimmer. Hier legte er sich komplett angezogen auf sein vom gestrigen Morgen zerwühltes Bett und schlief sofort tief und fest weiter.

Nicht tief genug für einen Traum oder Alptraum. Aber so tief, dass Marc die ersten Sonnenstrahlen des Tages ignorierte. Ebenso seinen Wecker, der frustriert das Klingeln nach einer gefühlten Ewigkeit einstellte.

Sogar das stündliche Geläut der Kirchturmglocken drang nicht in Marcs Bewusstsein vor.

Der Länge nach ausgestreckt ruhte er weiterhin regungslos zwischen den zerzausten Bettlaken. Es dauerte eine weitere Stunde, bis Marc aus seinem komatösen Schlaf zurück ins Leben fand.

Erschrocken, wie beim Anblick der fremden Gestalt in der Mitte der Fahrbahn, erlebte er die ersten Sekunden dieses Tages. *Verdammt, schon so spät.* So schnell wie möglich richtete er sich. Er eilte aus dem Haus, ignorierte erneut das Flackern des spinnenden Küchenlichtes und überhörte das Geräusch seines Alptraums, bevor er leise die Tür hinter sich schloss.

Tock, tock, tock...

Mit Mühe und verspätet stürzte er sich in die Arbeit. Dabei verheizten die Aktivitäten im Büro seine restliche Energie. Trotz aller Anstrengungen bewältigte er nur einen Bruchteil des immensen Pensums.

Ausgelaugt und platt stütze er den Kopf zwischen seinen Händen ab. Er schloss die Augen, massierte die Schläfen mit den Fingern und vor dem Geiste tauchte wieder die fremde, unbekannte Frau auf.

Ich verstehe das Ganze nicht. Es fiel ihm schwer, die unheimlichen Ereignisse realistisch zu betrachten. *Wenn ich das jemandem erzähle, der weist mich sofort ein. Was sagt mir der Name Julia?*

Verzweifelt versuchte Marc, Ordnung in seine Gedankenwelt zu bringen. Sein Körper vibrierte leicht, und er spürte wieder dieses Kribbeln in sich aufsteigen.

Ich glaube, ich brauche dringend eine Auszeit. Flucht. Weg von hier. Unwillig schaute er auf den Monitor seines Rechners. *Zahlen, Fakten, Tabellen, Zeichnungen.*

Das überfordert mich heute. Mit flinken Fingern schloss er die offenen Programme, fuhr den Computer herunter, der Bildschirm tauchte in ein mattes Schwarz ein, so dass Marc beruhigt seinen Arbeitsplatz verließ.

Sein Heimweg führte ihn nicht wie üblich von der Innenstadt hinaus an den grünen Stadtrand von Nürnberg. Nein, ebenso wie gestern Abend zog es ihn nicht zurück in seine Wohnung.

Mittlerweile fuhr Marc seit fast einer halben Stunde im dichten Großstadtverkehr im Kreis herum.

Was für ein Aberwitz.

Aus seiner gewohnten Spur geworfen, verlor er das Ziel vor den Augen. Bei jeder hektischen Bewegung, mit dem Lichtstrahl, der aus dem Nichts auftauchte oder bei dunklen Gestalt in den Straßen, befiel Marc das Gefühl, verfolgt zu werden.

Dieses schaurige Ereignis benebelte zeitweise seine klaren Gedanken. Voller Selbstzweifel schüttelte er sein Haupt. Er wendete scharf auf der belebten Hauptstraße und beschleunigte schnell, um die Stadt zu verlassen.

Ein greller Blitz durchschnitt seine angespannten Augen. Er fühlte sich absolut beschissen und stieß ein lauthals gebrülltes „Verdammt!", in die Luft hinaus.

Ein ungläubiger Blick auf die Tachonadel zeigte ihm, dass er mit 80 km pro Stunde unterwegs war. Dunkel erinnerte er sich daran, vorhin an einem Begrenzungsschild mit 60 km vorbeigefahren zu sein.

Wild trommelte Marc auf das unschuldige Lenkrad.

„Verdammt. Verdammt. Verdammt!"

Ein wenig Trost fand er in der Tatsache, zumindest einem natürlichen Phänomen aufgeflogen zu sein. *Kein Klopfen, keine Julia, nur ein stinknormaler Blitzer,* dachte Marc grinsend.

Selten hatte er sich mehr über ein Foto von sich gefreut als in dieser Sekunde. Ohne sich über irgendetwas weitere Gedanken zu zerstreuen, steuerte Marc seinen Wagen nach Hause.

Das Wetter zeigte sich an diesem Abend von der besten Seite, daher genoss er eine Stunde im Freien auf seiner Terrasse. Statt

Rotwein genehmigte sich Marc ein großes Glas Lemon mit Eis.

Gestern, das hat mir gereicht. So betrunken bin ich schon lange nicht mehr gewesen.

Er prostete sich selbst zu, freute sich über die abendliche Ruhe und ließ den Tag bald in seinem Schlafzimmer ausklingen.

Kapitel 4

In den nächsten zwei Wochen verlief Marcs Leben in den gewohnten Bahnen und bereitete ihm sichtlich Spaß. Den heutigen Tag trübte der Blick auf ein Einschreiben in einem gelben Umschlag, das im Briefkasten lag.

Da habe ich jetzt überhaupt keinen Bock drauf, dachte sich Marc und legte das Anschreiben ungeöffnet in eine Schale im Flur.

Für heute Abend verabredete sich Marc mit Sabrina, einer Anwältin im Wirtschaftsbereich. Er erhoffte sich bei einem Glas Bier ein paar entspannte, gemütliche Stunden. Da sie unweit von ihm wohnte, vereinbarten sie, sich gegen 19 Uhr in einer kleinen, nahegelegenen Tapas-Bar treffen.

Überpünktlich nahm Marc an einem der wenigen freien Tische im Außenbereich des Lokals Platz.

Eine dicht verwachsene Lorbeerhecke umsäumte den Bereich. Sie dämpfte die Geräusche des Straßenverkehres.

Das Lokal, welches sich auf Tapas, kleine Appetithäppchen, spezialisiert hatte, war beliebt in diesem Stadtteil von Nürnberg.

Ich bin gespannt. Marc freute sich auf die kulinarische Vielfalt vom ausgezeichneten Fingerfood.

Sabrina verspätete sich, so bestellte er ein alkoholfreies Weizen. Damit saß er lässig in einen alten Holzstuhl. Seine Augen weilten bei den anderen Gästen.

Am Nebentisch regierte eine Familie mit zwei blassen Teenagern. Die tippten so konzentriert in ihre Smartphones, um ja jede Art von Kommunikation mit ihren Eltern zu vermeiden.

Auf der anderen Seite ein Rentnerehepaar. Vertraut hielt es Händchen und wartete auf seine Bestellung.

Links entdeckte er den alleine reisenden Geschäftsmann. Völlig vertieft stierte er in sein Notebook und am Tisch daneben sah er eine nicht mehr junge Frau, italienischer oder französischer Abstammung, wie Marc vermutete.

Graziös saß sie auf ihrem Platz und manchmal erwiderte sie Marcs Blick, ohne dabei eine äußerliche Reaktion zu zeigen. Ihr Gesichtsausdruck glich einer bezaubernden Maske.

Gegen halb acht Uhr glänzte Sabrina weiter mit Abwesenheit. Marc gab voller Vorfreude die Bestellung für seine geliebten Tapas auf.

Als die komplette Familie mit den beiden Kommunikationsverweigern das Lokal verließ, war Marc dabei, seine vorzüglichen Tapas zu verspeisen. Während die Frau mit dem südländischen Teint ihr zweites Glas Rotwein bestellte.

Wartet Sie auf jemanden? Kommt Sie mir bekannt vor, überlegte Marc, ohne darauf zu kommen, woher und warum.

Ein letzter Bissen steuerte zielstrebig den Mund an, als die SMS seiner Kollegin ihm mitteilte, dass ihr Babysitter sie ihm Stich gelassen hatte.

Oh, Sie hat ein Kind, das ist mir neu.

Nach dem Essen äußerte er ihr sein Bedauern. Aber insgeheim nahm er es eher erleichtert auf, dass Sabrina ausblieb.

Kaum drückte er den Senden-Button, bemerkte er, dass der Platz, an dem die südländisch aussehende Frau gesessen hatte, frei war.

„So ein Mist", entfuhr es ihm, was das Rentnerehepaar mit einem finsteren Ausdruck ihrer Gesichter missbilligte.

Die Hand entschuldigend erhoben, wanderte sein Blick zum Ausgang. Aber er sah sie nirgendwo.

Schade, dachte er sich, rief den Kellner, bezahlte, stand auf und war schon im Begriff, den Weg nach draußen einzuschlagen, als sein Blick einmal auf den von ihr verwaisten Tisch fiel.

Er bemerkte eine Postkarte, die an einer kleinen Vase mit einer einzelnen roten Rose angelehnt stand.

Die ist doch vorhin nicht dort gewesen! Außer einer Speisekarte auf jedem Tisch ist hier nichts dekoriert. Seine Augen wanderten umher, doch nirgends sonst entdeckte er eine Vase oder eine Blume.

Seine Nackenhaare stellten sich für einen Moment auf, aber Marcs Neugierde war stärker als sein Unbehagen, so dass er sich entschloss, die Postkarte in die Hand zu nehmen.

Mit seinen hellen, strahlenden Augen betrachtete er die Aufnahme auf der Vorderseite. Sie zeigte ein Dorf. *Das Foto scheint älter zu sein. Der Ort wirkt verlassen, einsam und doch anziehend.*

Campo di Brenzone, las er unterhalb der Abbildung. Das sagte Marc gar nichts, deshalb drehte er die Karte um, inspiziere die Rückseite und abermals durchfuhr ein Schrecken sein Innerstes.

In der linken oberen Ecke las er einen kleingeschriebenen Namen. *Julia.* Seine Finger zitterten dabei so heftig, dass ihm die Postkarte entglitt und auf dem feinen Kiesboden landete, bevor Marc sich wieder gefasst hatte.

Mit leicht errötetem Kopf bückte er sich, hob die Karte auf, murmelte so etwas wie

„Auf Wiedersehen" und verdrückte sich schnell aus dem Lokal.

Draußen auf dem schmalen Gehsteig versuchte er, sich zu sammeln, hielt abermals die Postkarte hoch und vermochte es kaum zu glauben. *Warum steht hier der Name Julia?*, fragte sich Marc. *Das ist eindeutig nachträglich dazugeschrieben worden. Absolut sicher. Aber wozu? Und von wem? Von der Frau von eben? Warum wieder Julia? Ist sie Julia?* Die Gelassenheit der beiden letzten Wochen schwand nicht schrittweise, sondern von einer Sekunde auf die andere.

Nachdenklich stand Marc vor der Lorbeerhecke. Die vorbeifahrenden Autos nahm er nicht wahr. Ebenso wenig die zahlreichen Passanten, die ihn fragend anblickten.

Nur langsam fand Marc seine Fassung wieder, und er rang sich dazu durch, sich in Bewegung zu setzen, um das Erlebte zu Hause zu analysieren. *Das ist doch alles völlig verrückt,* dachte Marc verzweifelt.

Er bewegte sich eine Stunde um den Block, bis er endlich den Schlüssel ins Schloss seiner Haustür steckte. Kaum war diese geöffnet, erweckte der ungeöffnete Brief in der Schale auf dem Schuhschrank sein mieses Gewissen.

„Das gebe ich mir jetzt noch", sagte sich Marc, riss den Umschlag unsanft auf und zerrte zwei Seiten Papier heraus.

Kurz überflog er den bürokratisch uninteressanten Text, bis seine Augen bei der Zahl 15 Euro hängen blieben. *Zahlbar innerhalb von einer Woche,* las Marc sichtlich erleichtert. Er legte das Anschreiben fast schon wieder zurück, als er sich erinnerte, dass es eine zweite Seite gab.

Auf dieser prangte rechts oben das Beweisfoto. *Mann, schau ich scheiße aus.* Seine Augen waren weit aufgerissen und die Lippen wirkten starr und finster zusammengepresst. „Das reicht für das Verbrecheralbum", murmelte Max ironisch, als er etwas Ungewöhnliches auf dem Foto entdeckte.

Zwei helle Punkte?, rätselte er, und sofort beschlich ihn ein mulmiges Gefühl. *Sitzt da etwa jemand links hinter mir auf der Rückbank?*

Voller Panik rannte er in sein Arbeitszimmer. Hier suchte er hektisch ein Vergrößerungsglas und hinterließ bei der wilden Suche eine Spur der Verwüstung, bevor er es auf seinem Schreibtisch fand.

Zitternd hielt er die Lupe auf den Abschnitt hinter dem Kopf. Zuerst fand Marc es äußerst schwierig, überhaupt etwas zu erkennen, doch als sich seine Augen auf die grobe Auflösung des Fotos eingestellt hatten, glitt ihm das Vergrößerungsglas plötzlich aus den Fingern.

Mit einem dumpfen Schlag landete es auf dem hölzernen Parkettboden im Flur und zersplitterte in zahlreiche Einzelteile. *So ein verfluchter Mist.* Jetzt zeigte er sich wütend. Auf sich, auf alle, auf das Foto. *So ein Mist.* Regungslos stand er unter dem Licht der Deckenleuchte im Flur.

Scheinbar mutierte er zu einer Wachsfigur von *Madame Tussauds.*

Ein Ungleichgewicht tobte in ihm. Ein Kampf, der ihn hin und her riss, sein Innerstes in zwei Hälften teilte.

Bisher bezeichnte er sich als einen methodischen, realistischen Zeitgenossen, der Übersinnliches stets in das Reich der Fabeln und Legenden abgetan hatte.

Endlich entschied er, sich ins Wohnzimmer zu bewegen, legte das Schreiben des Polizeipräsidiums achtlos auf den Couchtisch und schritt hinüber zum Fenster. Mit der Nasenspitze fast an der Scheibe stierte er hinaus in die Ferne.

Da erinnerte ihn ein Geräusch hinter ihm, dass er auf der Schwelle zum Wahnsinn mutierte.

Tock, tock, tock...

Jemand ist in meinem Wagen mitgefahren, gruselte es ihm. Die zwei hellen Punkte entpuppten sich nach längerem Betrachten als Augen eines halbwegs erkennbaren Gesichtes, welches die gleichen Züge wie die Frau aus der Tapas-Bar aufwies.

Tock, tock, tock...

Das packe ich nicht. Hastig, ziellos, wahllos packte er seine im Schlafzimmerschrank aufbewahrte Sporttasche, schmiss das Nötigste für die nächsten zwei Tage hinein und warf sich noch ein Jackett über den Arm.

Im Arbeitszimmer griff er nach dem Laptop. Die Glassplitter im Flur ignorierte er und beim Hinausgehen nahm er erneut dieses unerklärbare Geräusch wahr.

Tock, tock, tock...

Weg. Nur weg. Die Angst löste diesen Fluchtreflex in ihm aus.

Zwei Blocks von der Arbeit entfernt checkte Marc für zwei Nächte in einem Mittelklassehotel ein.

Fürs erste, überlegte er sich beim Ausfüllen des Meldeformulars.

Der diensthabende Nachtportier, ein älterer, vermutlich russischer Staatsbürger, überreichte es ihm.

„Gott sei Dank ist im Moment in Nürnberg keine Messe", sagte er laut zu seinem Gegenüber. Dieser nickte daraufhin eifrig. Marc griff sich die Zimmerkarte mit der Nummer 117 und schleppte sich hoch in den ersten Stock.

Er öffnete die Zimmertür, steckte die Karte links in den vorgesehnen Schlitz und aktivierte damit den Strom in seinem Zimmer.

Kein Luxus, aber im Moment ok, so das erste Urteil von Marc. *Ist völlig egal. Hauptsache nicht Zuhause. Das ist mir alles zu heftig. Ich weiß nicht mehr, was real oder Fake ist, was Gespenster, Geister, Hokuspokus sind. Ein Aberwitz,* rebellierte es in ihm.

Völlig ausgepowert öffnete er das großflächige Fenster.

Von draußen vernahm er den lärmenden Stadtverkehr als willkommene Abwechslung, legte sich nackt auf das harte Doppelbett und versuchte ein wenig Ruhe zu finden.

Es dauerte eine Weile, bis die Karawane der Julias vor seinem inneren Auge verblasste. Für Marc fühlte es sich wie eine Ewigkeit an.

Schließlich signalisierten gleichmäßige Atemzüge das Erreichen eines Normalzustands.

Langsam lenkte er seine Gedanken weg von diesem Tag.

Strafend mahnte er sich zur Gelassenheit und sein Innerstes

schaffte es, so etwas wie einen leichten Schlaf zu produzieren.

Kapitel 5

Nachdem sich die Außengeräusche sich stündlich deutlich reduzierten, lag Marc bis vier Uhr zumindest äußerlich zufrieden in dem fremden, unbequemen Bett. Dann aber wälzte er sich hin- und her. Sein Kampf mit dem Kopfkissen zeugte von enormer inneren Anspannung. Genau wie das schwungvolle Hinausbefördern seiner Zudecke, bevor er genervt die Augen öffnete.

Es holt mich ein, stöhnte er.

Die Haare klebten schweißnass und wild an seinem Kopf, während er langsam aber sicher in eine Art Schnappatmung verfiel.

Es macht mich fertig, keuchte er vor sich hin.

Sein Körper richtete sich auf und in seinen Erinnerungen ließ er das Bewusste des Traums Revue passieren.

Ich bin wieder in der komischen Hütte gewesen. Diesen Raum mit dem flackernden Licht. Aber nicht alleine. Ich habe sie gespürt, kurz ihre Umrisse wahrgenommen. Julia.

Atemlos schnaufte er tief durch, bevor er weiter seine Gedanken formulierte.

Ihren Schatten, den ich jedes Mal spüre. Ihre Erscheinung. Nur kurz. Für einen Moment. Oder doch nicht?

Wieder erreichte Marc den Punkt dieser gewissen Hilflosigkeit.

Als er sich entschloss, das Fenster zu schließen, schaltete sich völlig überraschend das Licht im Zimmer ein.

Der große Flachbildschirm an der Wand gegenüber wechselte von der roten Standby-Farbe auf Grün, und auf der Bildoberfläche erschien für zwei Sekunden die Aufnahme, die Marc schon von der Postkarte her kannte. Genauso schnell war der Spuk beendet.

Nein, röchelte Marc. *Nein, was ist hier los? Versteckte Kamera?*

Der Galgenhumor rettete ihn nicht aus der Umklammerung des Grauens. *Bin ich in einer anderen Dimension gefangen?*

Verzweifelt warf er sich der Länge nach aufs Bett zurück und schlug wild mit den Händen um sich. *Nein, nein, nein. Dieses verdammte Licht. Und wer hat das Foto der Postkarte auf den Rechner des Hotels gespielt? Ich bin zu alt für solche Spiele.*

Seine Augen schauten in die wieder völlige Dunkelheit des Zimmers.

Werde ich beobachtet, beschattet? Trachtet mir jemand nach dem Leben? Was geschieht mit mir? Bin ich manisch, depressiv, oder beides? Eine gespaltene Persönlichkeit?

Die Diagnose passte so gar nicht in die Familiengeschichte, in der es keine derart gelagerte Krankheitsgeschichte gab.

Gerädert stellte sich Marc unter die heiße Dusche. Lange berieselte er seinen makellosen Körper und schritt kurz nach 6 Uhr morgens leise zum Frühstücksraum des Hotels.

Alleine befriedigte er ohne großen Hunger das Bedürfnis nach Essen. Nach einem kurzen Fußweg erschien er zu dieser frühen Zeit als erster in der Kanzlei.

Es gelang ihm sogar zwei Stunden lang, den Berg seiner Akten abzuarbeiten. Kurz nach neun Uhr füllten sich die anderen Büros, manch einer schaute bei Marc mit einem „Guten Morgen" vorbei, wie seine Sekretärin, die ihm einen Kaffee mitbrachte.

Im nächsten Moment lehnte er sich zurück, spürte die Wirkung des Koffeins in den Gliedern, und vor ihm tauchte wieder das Bild dieses Dorfes auf.

Was steht auf der Postkarte?, versuchte Marc, sich zu erinnern. *Zu blöd, die liegt jetzt im Hotel, aber das nützt mir nichts. Campo. Da bin ich mir sicher. Nur weiter?*

Er holte sich eine Suchmaschine über seinen Browser auf den Bildschirm, gab *Campo* sowie *Dorf* ein und wartete gespannt auf die Auflistung der Ergebnisse.

23 700 Treffer.

An oberster Stelle stand ein Verweis mit dem Titel *Campo di Brenzone – das verlassene Dorf am Gardasee.*

Gewissenhaft überprüfte er gedanklich den Namen des Ortes. *Stimmt. Ja, ich glaube, das ist auf der Postkarte gestanden. Komisch, ich fahre regelmäßig an den Gardasee,* rätselte Marc, *doch von einem verlassenen Dorf habe ich nie etwas gelesen oder gehört.*

Er studierte weiter die zahlreichen Hinweise. Die meisten Artikel sind über zwei Jahre alt. Gebannt tauchte er beim Öffnen der einzelnen Seiten in Begriffe wie *Geisterdorf, Magie, Mittelalter* und *Traum,* ein.

In Marc reifte eine Idee heran.

Was ist, wenn ich da runterfahre?, überlegte er mit zunehmender Unternehmungslust. In sich gekehrt verließ er sein Büro, schritt eine Tür weiter zu seinem Chef, dem Inhaber der Kanzlei, um ihn um einen Gefallen zu bitten.

Mit dem ersten Lächeln seit langem, verließ er nach kurzer Zeit den Ort der Machtzentrale.

Zwei Wochen Urlaub, jubelte Marc und kehrte an seinen Arbeitsplatz zurück. *Augen zu und durch.*

Er drückte die angezeigte Seite im Internet weg und widmete sich gewissenhaft der täglichen Arbeit.

Am Nachmittag lichteten sich die Akten. Ordnung breitete sich auf seinem

Schreibtisch aus, und Marc nahm sich Zeit, auf die Internetseite des Gardasee-Gebietes zu klicken. Zuerst orientierte er sich an einer abgebildeten Karte zu dem Ort, den es zu finden galt.

Campo di Brenzone

Danach überlegte sich Marc, wo es ihm am besten zum Übernachten gefallen würde. Der Reihe nach rief er sich die Namen der Ortschaften ins Gedächtnis, abwartend, welche Bilder dazu vor seinem geistigen Auge auftauchten. *Ich bin ja immer in Limone sul Garda an der Nordseite gewesen. Den Süden kenne ich von einigen Ausflügen, aber nicht so wie die Ecke oben rund um Riva del Garda mit dem Hinterland oder der Hochebene um Pieve.* Als absolut begeisterter Rennradfahrer eroberte Marc früher alle möglichen Pässe am Gardasee. *Malcesine, danach Brenzone sul Garda. Dorthin führt der Weg hoch zur Hütte meiner Träume. Was, wenn all die Hinweise falsch sind?* Sicher war sich Marc nicht, dass die Mission, die er plante, einen Sinn ergeben würde. *Aber so wie sich mein Alltag jetzt gestaltete, durfte es nicht weitergehen.* Diese unheimlichen Erscheinungen, die Merkwürdigkeiten und Gruseleffekte hasste er gewaltig, da sie an seiner Psyche zehrten.

Sein Finger wanderte auf der Karte den See weiter nach unten. *Nach Brenzone sul Garda kommt Torri del Benaco, Garda, Bardolino, Lazise,* las er all die Orte entlang des Südufers.

Garda, bin ich da nicht schon gewesen?, überlegte Marc und kramte in seiner Erinnerung.

Ein paar Bilder tauchten auf, er sah alte kleine Gassen, eine gemütliche Promenade mit etlichen Restaurants, Cafés oder Eisdielen. *Garda klingt verlockend,* und so entschied sich Marc, die Quartiere des Ortes zu studieren.

Er bevorzugte eine Ferienwohnung. Diese Art des Urlaubsaufenthalts pflegte er schon sein ganzes Leben lang. Eine Onlinesuche erleichterte ihm die Auswahl an vorhandenen freien Appartements für den gewünschten Zeitraum.

Wann fahre ich los? Morgen, übermorgen? Als Ankunftsdatum gab er morgen ein. *Weg von hier, das ist mir eh alles zu anstrengend.*

Die Heimreise plante er erst einmal eine Woche später. *Tendenz ungewiss,* wie er sich eingestand.

Verschiedene freie Unterkünfte in allen Preisklassen listeten sich auf. *Schau ich mir gleich an.*

Aber vorher reichte Marc die fertigen Unterlagen im gemeinsamen Sekretariat der Kanzlei ein.

Dort wünschte er eine entspannte Zeit, verabschiedete sich in den Urlaub und kehrte nicht einmal fünf Minuten später in sein Büro zurück.

Tock, tock, tock...

Monoton brummte das Geräusch aus dem Gehäuse des Computers. Der nächste Blick um den Rechner herum auf den blinkenden Bildschirm ließ Marc wieder an seiner geistigen Gesundheit zweifeln. Wieder fiel sein Blick auf das Foto des verlassenen Dorfes, und mit jeden weiteren *Tock, tock, tock...* hatte er den Eindruck, der gesamte Bildschirm würde pulsieren.

Tock, tock, tock...

Hastig hämmerte Marc mit seinen Fingern auf die Tastatur. „Verschwinde", schrie er dabei.

Das Foto erlosch nach einiger Zeit und die Seite mit den Urlaubsangeboten nahm erneut seinen Platz ein.

Scheiß Spiel. Im Moment fühlte Marc den Ritt durch die Hölle.

Residence Villa Rosa, las er und aus einem nicht definierbaren Grund, Sympathie oder Anziehungskraft, buchte er für eine Woche diese Unterkunft. Er schaltete erleichtert den

Rechner aus und verließ voller innerer Zweifel seinen Arbeitsplatz.

Zuerst kehrte er ins Hotel zurück, stornierte die zweite Nacht, die er geplant hatte zu bleiben, verstaute seine Sporttasche hinten in den Kofferraum und fuhr zu sich nach Hause.

Dort packte er einen Rollkoffer mit Kleidung und anderen Dingen voll, die er in der kommenden Woche brauchen würde.

Genug dabei, meinte Marc mit einem prüfenden Blick auf seine Sachen. Für Mitte Mai hoffte er auf angenehme Temperaturen am Gardasee.

Tobe dich aus, so lange es möglich ist, äußerte er sich wenig später beim Anblick des Leuchtens in der Küche. Obwohl das Tageslicht mehr als ausreichend den Raum erhellte, zuckte seine Deckenleuchte flackernd im Takt des großen, separat stehenden Kühlschrankes.

Tock, tock, tock...

Marc ignorierte das Geräusch und schaltete seine Wahrnehmung auf Durchzug, bevor er sein Domizil verließ.

Wehmütig warf er einen letzten Blick auf sein normalerweise geliebtes Heim, rang er sich durch in seinen Wagen zu steigen, um möglichst schnell Nürnberg hinter sich zu lassen.

Obwohl er erst für morgen die Anfahrt an den Gardasee plante, entschied sich Marc dafür, die Flucht nach vorne anzutreten. *Notfalls schlafe ich ein paar Stunden im Auto.* Das stellte für ihn keinerlei Problem dar, denn während seiner Studentenzeit hatte er aus Geldmangel häufig im Auto übernachtet.

Kapitel 6

So befand er sich auf der Autobahn Richtung Süden. Dank der Verkehrslage benötigte er weniger Zeit als geplant. Freudig überquerte nach gut zweieinhalb Stunden bei Kiefersfelden die Grenze nach Österreich.

Am frühen Abend unter der Woche, heute war Mittwoch, fand Marc eine relativ freie Strecke vor.

Da im jetzigen Streckenabschnitt auf der Autobahn die Geschwindigkeit auf 100 km/h reduziert war, dauerte es fast eine weitere dreiviertel Stunde, bis die Hinweistafel Innsbruck 5 km erschien.

Ein lauter Schlag gegen das rechte vordere Seitenfenster seines Wagens erschreckte Marc so sehr, dass er fast die Kontrolle über sein Fahrzeug verlor. Dank der langjährigen Erfahrung gelang es ihm, das Auto sicher auf dem Seitenstreifen der Autobahn zum Stehen zu kommen.

Was verflucht ist passiert? Ein Platten? Im Moment hatte Marc keine einleuchtende Erklärung für das Geräusch.

Leicht zitternd und verstört öffnete er das Handschuhfach, nahm eine verpackte, rote

Warnweste heraus und riss ungeduldig die Plastikhülle auf, bis er das verdammte Teil endlich in den Händen hielt.

Aufmerksam beobachtete er den geringen Verkehr im linken Außenspiegel. Im ersten günstigen Moment beeilte er sich aus dem Auto zu steigen und suchte hinter der Leitplanke Schutz.

Schnell zog er die Warnweste an.

Gott sei Dank ist es hell. Vereinzelt rauschten immer wieder Lastwagen an seinem Wagen vorbei, ohne ein Interesse für die aktuelle Lage zu zeigen. *Ja, wenn du Hilfe brauchst, bist du verloren.* Sofort suchten seine Augen die Scheiben des Autos ab.

Im Seitenfenster der Beifahrertür zog sich ein langer Riss von links oben nach rechts unten. *Wie gibt es denn das?*

Vorsichtig zeichnete Marc die Linie des gesprungenen Glases mit seinem rechten Zeigefinger nach.

Überaus tief, stellte er erschüttert fest.

Er überlegte, es nicht zu reparieren, entschloss sich aber für die andere Variante, es mit einem Klebeband zum besseren Halt zu versuchen. *Nicht dass mir die Scheibe komplett kaputtgeht.*

Da das Klebeband im Wagen lagerte, kletterte er behutsam über die Leitplanke. Er öffnete den Kofferraumdeckel und schlug ihn sofort wieder zu.

Taumelnd prallte er zurück, stützte sich an der Planke ab und übergab sich dahinter. *Verdammter Mist, was ist das?*

Sein Gehirn ratterte.

Der kompletter Mageninhalt lag auf dem Boden neben der Autobahn. Sein beißender Geschmack im Mund verschwand langsam und Marc öffnete erneut den Kofferraum.

Dieses Mal war er mental vorbereitet und hielt den sich bietenden Anblick aus, ohne dass er sich sofort übergab. Besser wurde der Fund dadurch nicht. In seinem Kofferraum lag zusammengekauert eine Frau.

Ganz vorsichtig berührte Marc ihren unbedeckten rechten Arm. Dieser lag seitlich vom Körper weg gestreckt.

Kalt. Ein Schwindel durchzog Marc.

Das kurze Rütteln an der Frau, die keinerlei Reaktion zeigte, ließ Marc zu dem Schluss kommen, dass sie tot war.

„Heilige Scheiße", fluchte er und erreichte die Schwelle zum hysterischen Anfall.

Als er die Frau etwas genauer betrachtete, stieg massive Panik in ihm auf, die fast sein Herz herausriss.

Kräftig schlug er den Kofferraum zu, versteckte sich zusammengekauert hinter der Leitplanke und versuchte seine Atmung zu kontrollieren.

Das ist die Frau aus der Tapas-Bar! Da gab es für Marc keinerlei Zweifel mehr. *Aber wie kommt sie in mein Auto und warum? Verdammt.*

Er fuhr sich verzweifelt mit den Händen durch die Haare. Gurgelte unverständliche Laute aus seinem Mund, stierte hektisch von links nach rechts und fiel fast in Ohnmacht, als er das Polizeiauto der österreichischen Gendarmerie auf dem Seitenstreifen ausrollen sah.

Bevor die beiden Beamten ausstiegen, schalteten sie das Blaulicht ein. Und Marc verabschiedete sich gedanklich von seinem bisherigen Leben in Freiheit.

In der Hocke, hinter der Leitplanke, fühlte er sich unfähig aufzustehen.

So fanden ihn die beiden Diensthabenden, die sich mit einer Mischung aus Besorgnis und Wachsamkeit näherten. Gab es einen Unfall oder verletzte sich der Mann gar?

Marc durchlebte im Moment seinen fürchterlichsten Altraum.

In meinem Kofferraum steckt definitiv eine Leiche.

Seine innere Vorstellung projizierte Bilder in ihm.

Lebenslänglich. Verhaftet in Handschellen. Gerichtsverhandlung. Verurteilung. Gitterstäbe. Gefängniszelle.

Obwohl die Außentemperatur bei angenehmen 20 Grad lag, fror Marc und er zitterte am ganzen Körper.

Zudem brachte er keinen Ton heraus, als einer der Beamten einen Arm auf seine rechte Schulter legte und eine Frage an ihn richtete.

„Was ist passiert? Wie können wir Ihnen helfen?"

Nur sein linker Arm zeigte in Richtung seines Wagens.

Eine lange Reihe Lastwagen zog donnernd an ihnen vorbei. Der Asphalt bebte und zu allem Überfluss sprang plötzlich der Kofferraumdeckel seines Wagens nach oben.

„Brttknnktekte." Keiner der Beamten verstand einen Laut.

Marc versuchte es erneut.

„Hgkektuieeeeh."

„Beruhigen Sie sich", sprach der Beamte auf ihn ein, um zu ihm durchzudringen.

Aber Marc fühlte sich nicht mehr in der Lage, die Situation zu beherrschen.

„Ghehnndmed."

Nur Kauderwelsch brachte Marc über seine Lippen.

Als er bemerkte, dass der andere Beamte, der die ganze Zeit etwas abseits stand, sich zum Kofferraum bewegte, wurde Marc es schwarz vor Augen, und er krallte seine Hände fest in die Leitplanke, um dem Beamten nicht vor die Füße zu fallen.

Sein Kopf explodierte förmlich. Der zweite Polizist warf einen Blick in das Innere des Kofferraums und winkte seinen Kollegen zu sich.

Ich haue ab. Doch bevor Marc diesen Gedanken umsetzte, standen die beiden Beamten wieder bei ihm, halfen ihm über die Leitplanke und zogen ihn mehr, als dass er selbst mithalf, zum geöffneten Kofferraum. Zwar versuchte Marc, sich dagegen zu stemmen, doch es war ein aussichtsloses Unterfangen.

Es ist aus. Alles aus. Weiter kam er nicht mit der Analyse des Ist-Zustandes.

Marcs Augen trafen das Innere des Kofferraums, aber dort lag niemand mehr. *Keine Frau. Weg.* Nur seine Tasche und der Trolley lagen darin und obendrauf ein großer Zettel mit der Aufschrift *Campo di Brenzone.*

Das Erlebte überstieg Marcs Horizont. Sein Kreislauf kollabierte und er sackte in den Armen der beiden Beamten zusammen.

Sie fingen ihn so auf, bevor er abrupt auf dem Asphalt hinter seinem Wagen landete.

Kurz vor dem Verlust des Bewusstseins raste eine weitere Kolonne Lastwagen an ihnen vorbei.

Tock, tock, tock...

Dieses Geräusch nahmen seine Ohren wahr. Danach kauerte er sich zwischen den Beamten am Boden zusammen.

Tock, tock, tock...

Nun begab sich alles rasant schnell. Einer der Beamten setzte einen Notruf ab, der zweite sicherte den Ort des Geschehens ab, damit nicht ein Unbeteiligter in sie hinein raste.

Es dauerte nicht lange, da erschien der Krankenwagen der Ambulanz. Sie legten Marc auf eine Liege und beförderten ihn in das nächstgelegene Krankenhaus in Innsbruck.

Währenddessen lud ein schleunigst bestellter Abschleppwagen seinen Wagen auf. Sie stellten ihn einstweilen auf den Parkplatz bei der Gendarmerie in Schwarz unter.

Nach der ersten Notversorgung im Klinikum schoben zwei Pfleger Marc in ein freies Einzelbettzimmer und ließen ihn dort alleine zurück. Der Zeiger der Uhr rückte soeben auf 22 Uhr vor.

All dies nahm Marc nicht wahr. Sein Körper entschied sich für den Offline-Modus, und keiner der Ärzte wagte ein Urteil, wann ihr Patient jemals die Augen wieder aufschlagen würde.

Eine posttraumatische Belastungsstörung, so diagnostizierten die Ärzte bei ihm. Über die Ursache rätselten sie. Genauso wie über den Zusammenbruch an der Autobahn.

Für Marcs Psyche war der Schlaf, bedingt durch eine Dosis Beruhigungsmittel, in dieser Nacht ein Segen.

Gegen fünf Uhr morgens ließ die Wirkung der Medikamente nach, und Marc fing nach dem Erwachen an, sich mit dem zu beschäftigen, was gestern geschah.

Er öffnete langsam seine Augen.

Matt nahm er die unscharfen Konturen des Zimmers und den Krankenhausgeruch wahr. In ihm spielten sich erst einmal die Ereignisse an der Autobahn gestern abend ab.

Es gibt keine einleuchtende Erklärung. Nicht einmal annähernd.

Bin ich völlig durchgeknallt? Regungslos und außer Gefecht gesetzt, schlief er gleich nach diesem Gedanken wieder ein.

Kurz nach sechs Uhr erschien die Schwester und er bemerke, dass sie seinen Blutdruck kontrollierte.

Eine Stunde später brachte eine andere, jüngere Schwester das Frühstückstablett und stellte es auf den Wagen neben dem Bett.

„Herr Mullance?", sprach sie ihn an.

„Herr Mullance, sind sie wach?"

Nein, dachte er, hörte sich mit einem zaghaften „Ja" antworten.

„Frühstück ist da", vernahm er wieder ihre freundliche Stimme. „Soll ich Ihnen hoch helfen?"

Erneut lauschte er dem Widerhall in seiner Stimme. „Ja, bitte."

Sie schob eine Hand unter den Rücken, er spürte ihre Kraft, und so erhob er langsam den Oberkörper, bis er aufrecht im Bett saß.

Jetzt öffnete Marc seine blauen Augen, die das Gesicht einer bezaubernden Frau erblickten.

Nicht übel, fand Marc und fühlte so etwas wie Leben in sich.

„Danke", gab er darauf leise zurück, erntete ein strahlendes Lächeln, bevor sie mit dem Wunsch, er solle es sich schmecken lassen, das Zimmer verließ.

Er schob das schwenkbare Oberteil des Rollwagens über sein Bett.

Eine große Tasse Pfefferminztee, zwei Scheiben Vollkornbrot, die Ecke eines Hartkäses, etwas Butter, und ein kleines Schälchen Marillenmarmelade entdeckte er darauf. Dazu gab es ein Messer sowie eine weiße Serviette.

Besser als im Knast, seufzte Marc erleichtert.

Zu seiner Verwunderung stellte er fest, dass er großen Hunger verspürte, und so fing er an, sich die erste Scheibe Brot zu schmieren.

Die nächste halbe Stunde erlebte er entspannt in dem Krankenzimmer. Seine Gedanken versuchte er ausschließlich auf das Frühstück zu lenken, damit er nicht wieder Gefahr lief, an seinem Verstand zu zweifeln.

Nach Beendigung der Mahlzeit schob Marc alles auf die Seite, legte sich zurück, schloss die Augen und fühlte sich abermals einsam und verlassen.

Kaum ein wenig eingenickt, räumte eine andere Schwester das Geschirr ab.

Schade, schmunzelte Marc enttäuscht, *die Telefonnummer der anderen Schwester entgeht mir jetzt.*

Leider hielt dieser angenehme Gedanke nicht lange.

Mein ganzes Leben gerät aus den Fugen. All die Zuversicht, die ihn sonst so auszeichnete, schwand kontinuierlich. *Ich habe andauernd Angst,* und diese nahm weiter zu, als erneut die Tür aufging und die beiden Beamten von gestern Abend das Krankenzimmer betraten.

„Guten Morgen, Herr Mullance", begrüßte ihn der vordere der beiden.

Marc antwortete leise mit einem „Guten Morgen", aber im Grunde verspürte er den großen Wunsch die Bettdecke über sein Gesicht zu ziehen.

„Wie geht es Ihnen?", fuhr der Polizist fort.

Zögernd gab Marc eine Antwort auf die gestellte Frage.

„Es geht schon. Ein wenig müde", reichte ihm als Stellungnahme für den Augenblick.

„Was ist gestern los gewesen? Sie haben uns angeschaut, als ob der Teufel Ihnen persönlich begegnet ist."

Der hat ja Humor. Zehn davon. Die Tür des Grauens hat sich geöffnet, dachte Marc, bevor er laut weiter sprach.

„Ich habe mich während der Fahrt fürchterlich erschrocken", gab er den Beamten zu Protokoll. „Ein Knall. Ein Schlag. Laut und komisch. Ich bin rechts rangefahren, habe den tiefen Riss in der Scheibe gesehen und danach reagierte mein Körper nur noch panisch. Ein Schuss, ein Stein?"

Die Frau im Kofferraum, die angebliche Leiche, verschwieg Marc vorerst.

„Wir haben ihr Auto untersucht, als der Krankenwagen sie weggebracht hat. Tatsächlich ist auf ihren Wagen geschossen worden. Ein paar Mann von uns haben daraufhin die nähere Umgebung abgesucht. Etwa hundert Meter weiter liegt ein kleiner Ort, und hier haben wir ein paar Jungs mit einer Schrotflinte entdeckt."

Eine seltsame Geschichte, empfand Marc.

„Sie haben sich einen Scherz erlaubt. Wir haben das Gewehr sichergestellt und sie ihren Eltern übergeben. Möchten Sie eine Anzeige erstatten?"

„Spielende Jungs?", fragte Marc ungläubig nach.

„Ja. Wollen Sie nun Anzeige erstatten?"

„Nein." *Sonst ist nichts passiert,* wunderte sich Marc.

Die Leiche, alles nur meine Einbildung?

„Wollen Sie nach Campo di Brenzone?", vernahm er wieder einen der Beamten.

„Ja."

„Wegen dem großen Zettel in ihrem Kofferraum."

Marc nickte, erinnerte sich daran, obwohl er keinen blassen Schimmer hatte, warum dieser in seinem Kofferraum lag.

„Dies haben wir außerdem neben ihrem Wagen auf der Beifahrerseite gefunden."

Verwundert warf Marc einen Blick auf die Postkarte, die er in seiner Sporttasche vermutete.

„Danke", entgegnete er kraftlos, nahm sie entgegen und legte diese neben sich auf das Bett.

Sein Schlüsselbund, der Geldbeutel und die Ausweispapiere landeten auf den Tisch in der Ecke des Zimmers. Bevor Marc etwas erwiderte, verabschiedeten sich die beiden Beamten.

Sie teilten ihm mit, dass sein Wagen unten am Parkplatz stand. Zum Schluss wünschten sie eine baldige Genesung sowie einen etwas ruhigeren Aufenthalt in Italien.

Das wäre genial, dachte sich Marc, als er sich kurz danach alleine im Raum aufhielt. *Alles nur geträumt? Seine Fantasie? Grausam.*

Was veranstalten die mit mir hier? Baldige Einweisung in die Geschlossene?

Er nagte an der Unterlippe, während er seinen düsteren Gedanken nachhing.

Schlafen, nur Ruhe. Diesem Wunsch folgend dämmerte er in den nächsten zwei Stunden vor sich hin. Beim Hin- und Herwälzen in jener Zeit fiel die Postkarte aus dem Bett heraus und rutschte für Marc nicht mehr sichtbar darunter.

Die Zeit verging, es war fast viertel elf, als sich die Tür seines Krankenzimmers öffnete und ein Trupp von drei Personen geräuschvoll eintrat.

Mit den Augen blinzelnd erkannte Marc zwei Ärzte und eine Schwester.

„Guten Morgen", tönten sie im Einklang, dem ein nüchternes „guten Morgen" seinerseits folgte.

„Herr Mullance. Dr. Weber ist mein Name. Ich bin der behandelnde Oberarzt hier", stellte sich die erste der drei Personen vor. „Zudem mein Kollege Dr. Hanf und Schwester Anni."

Nickend signalisierte Marc dem Team seine Aufmerksamkeit.

„Wie geht es Ihnen heute Morgen?"

„Gut", erklärte er. *Zumindest körperlich,* dachte Marc für sich.

„Fein. Der Schock gestern Abend muss für Sie sehr groß gewesen sein. Wir haben Sie ein wenig aufgepäppelt. Wenn Sie wollen, können Sie uns heute wieder verlassen. Von unserer Seite aus sind Sie gesund."

„Das ist nett", meinte Marc höflich.

„Wir vermuten bei Ihnen eine posttraumatische Belastungstörung." Er unterbrach sich für einen Moment „Wenden Sie sich an einen Neurologen oder Psychologen. Arbeiten Sie das Ganze auf."

„Danke. Ich werde mich noch ein wenig ausruhen und danach weiterreisen. Nochmals danke für alles."

„Nichts für ungut. Machen Sie es gut", und schon verschwanden die drei aus seinem Sichtfeld.

Völlig gesund. Ihr habt keine Ahnung. Absurd. Kopfschüttelnd verweilte Marc in seinem Bett.

Irgendwann später entschloss er sich, die Zelte hier abzubrechen. Er ging ins Bad, erfrischte sich und zog sich an, steckte seine Papiere und den Geldbeutel ein, um zuletzt nach den Schlüsseln zu greifen.

Die Sporttasche stand griffbereit auf einem Stuhl, seine Schritte führten ihn schon Richtung Zimmertür, als er das Geräusch des Wahnsinns vernahm.

Tock, tock, tock...

Sein Kopf drehte sich leicht zurück, er entdeckte den schmalen Lichtschein unter seinem Bett und erneut vernahm er das monotone Geräusch.

Tock, tock, tock...

Fasziniert und gleichzeitig benommen bückte sich Marc auf den Boden. Dort lugte er unter das Bett und sah die Postkarte darunterliegen. Vorsichtig schob sich seine rechte Hand durch den Lichtschein hindurch, nahm die Karte auf und ein letztes Mal ertönte dieses *Tock, tock, tock...*

Marc erhob sich, der Lichtschein erlosch, das Geräusch verschwand und ein zutiefst aus dem Gleichgewicht geworfener Mensch schritt schnell zur Zimmertür, um den Raum zu verlassen.

Gesund. Von wegen. Was für ein Sarkasmus.

Seine freie Hand öffnete die Tür, er nahm den Gang nach rechts, fand auf Umwegen den Aufzug des Gebäudes und ging zu dem Parkplatz, auf dem er sein Auto vermutete.

Eine Weile suchte er, aber er fand seinen in der prallen Sonne stehenden Wagen.

Bevor er endgültig einstieg, öffnete er alle Seitentüren und Fenster. Die angestaute Hitze strömte hinaus.

Bin ich gewillt, in den Kofferraum zu schauen?, überlegte er voller Zweifel. *Nein,* entschied er sich und fuhr endgültig los, um über die Europabrücke Richtung Brenner zu gelangen.

Kapitel 7

Gardasee, ich komme. Ich hoffe, ich finde dort meine Ruhe. Dieser sehnlichste Wunsch begleitete ihn während der dreistündigen Fahrt.

Nach dieser Zeit erreichte er die Ausfahrt Affi, wo er die Autobahn über die Mautstelle verließ.

Die Temperatur stieg fast mit jedem Kilometer Fahrt an, und als er den Bezahlposten hinter sich ließ, zeigte das Thermometer 32 Grad.

Etwas wie Freude überkam Marc.

Genüsslich sog er die so typische Landschaft des Gebietes um den See in sich auf. Weinstöcke und Olivenbäume standen im zarten Wechsel mit üppig blühenden Oleandersträuchern. Sie flimmerten in der südlichen Sonne.

Die Fenster seines Wagens weit geöffnet, die CD *Süden* von *Schmidbauer, Kälberer und Pollina* laut hinausdröhnend, atmete Marc tief den würzigen Geruch des Jasmins ein, der während der Fahrt in das Innere des Wagens strömte.

Ein paar Kilometer weiter erreichte Marc, sich in Fahrtrichtung Garda befindend, über

Costermano die erste Kehre abwärts zum See.

Er bog auf den Parkplatz eines Restaurants ab, stieg aus und verliebte sich sofort in den Panoramablick auf den Gardasee.

„So schön", entfuhr es Marc halblaut und verträumt hielt er an der hölzernen Brüstung inne.

Die Grillen sangen ihr Liebeslied, der Himmel leuchtete tiefblau, der See lag majestätisch und glatt unter ihm, und dennoch fiel ein Schatten auf Marcs Gesicht.

Sein Blick wanderte über den Ort, und immer blieb er an einer Stelle hängen. An der sichtbaren Grenze der Häuser zum bewaldeten Hang flackerte unregelmäßig ein Licht am helllichten Tag.

Derselbe Takt, wie in meiner Küche, glaubte Marc zu erkennen. Er schaute weg, wieder hin, weg, hin, aber es blieb.

Seine Hände verloren durch den enormen Druck in das Holz der Balken sichtlich an gesunder Hautfarbe, als Marc einen leisen Klagegesang vernahm.

Julia, Julia, Julia

Weinerlich umgarnte ihn aufs Neue diese unwirkliche Stimme.

Julia, Julia, Julia

Verlegen schaute Marc zur Seite. Doch keiner der neben ihm stehenden Menschen, die mit ihren Smartphones den Anblick festhielten, ließ durch irgendeine Reaktion erkennen, dass sie es ebenfalls bemerkten.

Marc fragte den Mann links neben ihm, ob er jemanden singen hörte. Dessen Blick verriet ihm, dass es ratsamer wäre, keine weitere Fragen zu stellen.

Er hört nichts, vermutete er. *Warum ich?*

Das angenehme Gefühl, seine Freude über den Ausblick auf den See, erlosch schnell in ihm. Unzufrieden kehrte er zum Wagen zurück, drehte die Musik laut auf, in der Hoffnung die Klagegesänge zu übertönen.

Hoffentlich findet mein Albtraum hier ein Ende, wünschte sich Marc. Zögerlich fuhr er vom Parkplatz den Rest des Weges nach Garda hinunter und bog später in die gebuchte Apartmentanlage *Residence Villa Rosa* ein, wo ihn die Besitzer herzlichst begrüßten.

Nach dem Einchecken bezog er das Appartement mit der Nummer 33 im ersten Stock des Hauptgebäudes.

Jetzt richte ich doch einen Blick in den Kofferraum, fiel Marc ein.

Außer seiner Sporttasche hatte er ja einen Rollkoffer dabei.

Na prima. Bringen wir es hinter uns.

Zügig lief der die paar Stufen hinunter und öffnete, ohne weiter zu überlegen, seinen Kofferraum.

Keine Leiche, geisterte es ihm erleichtert durch den Kopf. Nur der Zettel lag dort oben auf. Der mit der Aufschrift *Campo di Brenzone.*

Achtlos legte er ihn auf die Seite, entnahm sein Gepäckstück und stolzierte wieder in sein Zimmer. Hier stellte er den Koffer neben seine Sporttasche ab, öffnete die Tür zum Balkon und setzte sich auf einen von zwei Stühlen nach draußen. *Was für ein Ausblick.* Unten lag der Pool der Anlage und in der Ferne erkannte Marc einen Teil vom Gardasee.

Nach einer Weile schob sich Marc den zweiten Stuhl so hin, dass er seine Beine darauf ausstreckte.

Keine einzige Wolke trübte den blauen, italienischen Himmel. Er staunte über die üppige Blütenpracht und das satte Grün der zahlreichen Pflanzen.

In der prallen Sonne hielt es Marc nicht lange aus, so dass er die Markise nach unten fahren ließ. Erschöpft von der Fahrt und dem Krankenhausaufenthalt döste er bald vor sich hin.

Sein Gehirn blendete langsam alles um ihn herum aus, bis er in seine Traumwelt hineinrutschte.

Dunkelheit umgab ihn für einen Moment und er spürte den Duft eines Parfüms, der zart seine Nasenlöcher umspielte.

Wo ist Sie? Ich fühle sie.

Er erschrak, als ein Tuch an seinem Gesicht vorbei streifte. Sein Atem stockte, denn er hörte die gleiche Stimme, wie oben beim Blick auf den See. Nur sprach sie dieses Mal mit ihm.

„Hol mich hier raus. Hilf mir."

Das Tuch umgarnte ihn immer wieder aufs Neue, das Atmen fiel ihm schwer, und er traute sich nicht, sich zu bewegen.

Um ihn herum herrschte Dunkelheit in der verlassenen Hütte, in der er sich aufhielt.

Warum gibt es hier keine Ritzen, durch die Licht von außen herein strahlt?

Bevor er sich eine Antwort gab, säuselte die Stimme wieder an sein Ohr.

„Komm zu mir. Wann kommst du zu mir?"

Seinen Herzschlag spürte er hoch bis zum Hals, die Hände versuchten, das Tuch zu erhaschen, das erneut um ihn herumflatterte. Doch sie griffen stets in Leere, so als würde sie mit ihm spielen.

Es strengt mich an.

Seine Beine zitternden mittlerweile und der gesamte Nackenbereich verspannte sich zusehends.

Die Stimme versagte ihm komplett. Nur seine Gedanken funktionierten halbwegs. Alles andere in ihm fühlte sich nicht gerade entspannt an.

„Wann holst du die kleine Julia?"

Ein lautes Lachen begleitete ihren letzten Satz in der Hütte. Die Luft flimmerte heiß, und Schweiß rann über seinen ganzen Körper hinab.

Vereinzelt landeten die Tropfen auf dem alten Holzboden und verdampften. Mit großer Anstrengung rang er sich zu einem Krächzen durch. „Wo bist du?"

„Na hier. Siehst du mich nicht. Du bist doch auch da."

Voller Verzweiflung schlug er wild fuchtelnd mit den Händen um sich. „Ich sehe dich nicht."

„Strenge dich an. Lasse mich nicht zu lange warten."

Kaum sprach sie das letzte Wort aus, flackerte Licht in der Hütte auf. *Aber wo finde ich sie jetzt?* Nur der Duft ihres Parfüms blieb in seiner Nase.

Die Augen schmerzten. Das Gehirn hämmerte, weil dieses furchtbare monotone Geräusch wieder einsetzte.

Tock, tock, tock...

Er sah die Umrisse der rettenden Tür nach draußen, schritt schnell darauf zu und riss sie energisch auf.

Aber dort entdeckte er nichts außer einem großen, tiefen Abgrund. Strauchelnd versuchte er, sich am Türgriff festzuhalten.

Wie schaffe ich es, mich zurückzuschwingen?

Nur die Kraft seiner Hände reichte nicht aus für einen Halt am Griff. Mit einem lauten Schrei stürzte er in die Tiefe hinab. Immer schneller und rasanter drehte es ihn nach unten.

„Nein", rief er laut und lange gedehnt, doch es hörte ihn niemand.

Schreiend erwachte er auf dem Balkon der Ferienanlage. Ein Stuhl fiel scheppernd zur Seite und nur das Kindergeschrei am Pool unten verhinderte, dass jemand auf die Idee kam, hier sei etwas passiert.

„Oh", stöhnte er und setzte sich hin. „Was für ein scheiß Traum", stieß er benommen aus.

Sein trockener Mund schmeckte die Angst des Sturzes hinab in das Nichts. *Ich will gar nicht wissen, was nach dem Ende des Falles passiert. Mir wird das alles langsam zu brutal.*

Wütend stand er auf, verschloss die Balkontür und überlegte in den Ort zu laufen, da er trotz des Alptraums Hunger verspürte.

Kapitel 8

In sich gekehrt verließ Marc sein Domizil und bog am Ausgang nach rechts Richtung See ab.

Wie finde ich meine Lebensfreude wieder? Diesen ganzen Quatsch, der sich abspielt. Das ist nicht mein Leben. Und was für ein Geheimnis verbirgt sich hinter Julia? Ich kenne niemanden, der so heißt.

Nach kurzer Zeit erreichte er den letzten Kreisverkehr vor der Altstadt, überquerte ihn, und tauchte in die kleinen Gassen von Garda ein.

Unzählige Geschäfte preisten Waren aller Art an und so schlenderte Marc voller Neugierde in Richtung See.

Es dauerte nicht lange, bis Marc an der Promenade in *Garda* stand.

Verzückt über den Anblick der zahlreichen Alleebäume, der Restaurants direkt am Wasser, den weiten Blick über den See, atmete er tief durch.

Diese Seeluft. Er genoss den Duft des klaren Sees, den Wind, der leicht mit seinem kurzen Haar spielte.

Gedankenverloren schweiften seine Augen über die blaue Wasseroberfläche zur

Promenade zurück. *Alle sind sie hier wegen der Schönheit des Sees.* Jung, alt, klein, groß, bunt, schrill, elegant, alle Facetten der Menschheit sah Marc an sich vorbeigehen, als er am linken Rand der Promenade die Statur einer ihm bekannten Frau erblickte.

Das ist doch die Frau aus der Tapas-Bar. Das gleiche Kleid, wie das im Kofferraum. Meine Leiche. Wilde Gedanken zerstörten den Moment des romantischen Seepanoramas.

Er bewegte sich schnell in ihre Richtung, bemerkte, wie sie sich fließend zwischen den Personen hin und her schlängelte, so dass er sie fast aus den Augen verlor. Sein Blick heftete sich an ihrem Kleid fest, bevor sie in der Masse verschwand.

Obwohl er die Promenade zweimal auf und ab lief, fand er sie nirgends.

Wieder nur eine Einbildung, vermutete Marc. *Es wird Zeit, dass ich mich erhole.*

Er erreichte das Ende der Promenade mit der Anlegestelle für die zahlreichen Fähren. Am Ende davon kehrte er um und schritt solange weiter, bis er in einem Restaurant nicht weit vom See einen freien Platz fand.

Ein Frosch als Markenzeichen zierte das Logo der Gaststätte und jetzt bemerkte er den Hunger biblischen Ausmaßes.

In Ruhe studierte er die Speisekarte. Endlich entschied er sich für einen Aperol Spritz mit einer zusätzlichen Flasche Wasser als Getränk, Tintenfisch und Gemüse vom

Grill und dazu einen kleinen gemischten Salat. Er lehnte sich entspannt in seinem Stuhl zurück, die Sonne näherte sich langsam der Wasseroberfläche, und leise Musik drang von weiter weg an sein Ohr. *Ein Gitarrist, der italienische Balladen singt. Ein Gedicht.* Es gefiel Marc, und er gab sich für einige Zeit dieser Musik hin. Mit großem Appetit verspeiste er später den servierten Tintenfisch. *Wie köstlich weich und zart das Essen schmeckt.* Dabei lag sein Blick auf die vorbeigehenden Promenadenbummler und er freute sich über den Moment des Genusses.

Das Leben ist so herrlich. Ist es besser, einen Arzt aufzusuchen, wenn ich zuhause bin, wenn sich das hier nicht ändert?

Inständig hoffte er, dass es heute keine sonderbaren Erlebnisse mehr zum Verarbeiten zu gab. Die Sonne spiegelte sich derweil auf dem Wasser, der Himmel verfärbte sich langsam ins Rötliche, und es dauerte nicht lange, dann lag der See in zartem Dämmerlicht vor ihm.

Was ist besser? Dass ich mich morgen oder übermorgen auf die Suche nach dem geheimnisvollen Ort begebe? Marc fühlte sich in seiner Entscheidung nicht sicher.

Oder gar nicht fahre?

Eine Fahrt einmal um den See herum ist manchmal nicht übel als Alternative. Frohen Mutes zahlte er, wanderte die leichte

Steigung zum Apartment nach oben, tauchte am Balkon ein wenig in die laue italienische Nacht ein, bevor er bei offener Balkontür seine Ruhe für den Schlaf suchte.

Leicht wehte der Wind herein und umspielte sanft den nackten Körper. Marc fühlte den Moment des Einschlafens.

Entspannt rutschte er in die Tiefe seiner Träume hinein, Sterne zogen am Firmament auf, und der Vollmond leuchtete in das Zimmer.

Stündlich zog die Nacht vorbei. Marc schlief unaufgeregt und ohne Störungen, obwohl ein monotones Geräusch die nächtliche Stille trübte.

Tock, tock, tock...

Zudem schwebte in der zweiten Schlafphase eine weibliche Gestalt quer durch den Raum. Sie hielt am Bett in ihrer Bewegung inne, und es sah so aus, als würde sie mit ihrer Hand über Marcs Kopf streichen. Kurz darauf entschwand sie geräuschlos durch die offene Balkontür in die Dunkelheit.

Ein letztes Mal ertönte dabei *Tock, tock, tock...*

Für einen kurzen Augenblick öffnete Marc seine Augen. Er verspürte einen Windhauch über sein Gesicht streichen, der sich anders anfühlte als beim Einschlafen. Den-

noch schloss er gleich wieder die Augen und
versank erneut in seiner Traumwelt.

Kapitel 9

Sieben Stunden später, die Morgensonne erhellte sein Appartement, erwachte Marc fit und ausgeschlafen auf. Sofort kroch er as dem Bett heraus und duschte erst einmal ausgiebig. Danach zog er sich an und schlenderte zum Frühstücken hinunter an die Seepromenade.

Gestern Abend entdeckte er, dass es hier Angebote in Form von Frühstücksbuffets gab. Zudem freute sich Marc darauf, den See in der morgendlichen Ruhe zu erleben.

Das Leben hier, täglich zu genießen, nicht die schlechteste Idee, fand Marc.

Deutlich sah er die alte und verlassene Hütte. In sich spürte er förmlich, dass er dort nie alleine war. Er fand die gespenstischen Lichteffekte beklemmend und entschied sich dafür, den verlassenen Ort der Postkarte heute aufzusuchen.

Bringen wir es hinter uns. Nehme ich es als Zeichen. Auf die Gefahr hin, danach mehr zu spinnen, als es eh schon der Fall ist. Ok, Stürzen wir uns in das Abenteuer. Ablenkung ist genau das Richtige.

Langsam erwachte das Leben am See, und die einzelnen Geschäfte reizten Marc immer wieder, etwas zu kaufen. *Verlockend. Das hebe ich mir für später auf,* beschloss er. Marc verinnerlichte sich die Düfte und Gerüche in der Altstadt. Abschließend schlug er den Weg ins Appartement ein. Zuvor deckte er sich mit einer großen Flasche Wasser ein und grübelte auf den letzten Metern nach, was der heutige Tag an Überraschungen bringen würde.

In der Ferienanlage holte er den geparkten Wagen, gab den Namen *Campo di Brenzone* in das Navi seines Smartphones ein, um erneut Richtung See zu fahren. Am Kreisverkehr bog er rechts ab.

Die Strecke führt am Bootshafen von *Garda* am Ortsausgang vorbei, bis er den nächsten Ort am See *Torri del Benaco* erreichte.

Auf der Straße entlang präsentierten sich spektakuläre Ausblicke über den See und der Weg führte Marc durch alte italienische Orte.

Nach etwa vierzig Minuten gemütlicher Fahrt erreichte Marc den Ort *Brenzone sul Garda*. Laut der spärlichen Beschreibungen, die er im Internet gefunden hatte, führte hier der Weg Richtung *Campo di Brenzone* hoch.

Obwohl er die Verbindungsstraße langsam entlangfuhr, schwieg sein Navi.

Mensch. Wo ist die Abzweigung nach rechts? Aber ein Hinweisschild entdeckte Marc auf der ganzen Strecke nicht.

Am Ortsausgang wendete er deshalb, im Glauben verkehrt zu sein, seinen Wagen um. Die Sonne trieb die Temperaturen schon gewaltig nach oben, und Marc hoffte, dass er bald einen Wegweiser zum verlassenen Dorf fand.

Wachsam beäugte er die einzelnen Schilder, die links wegführten. Meistens Hotel- oder Restaurantangaben, die ihm nichts sagten. Endlich las er wenig später ein blaues Hinweisschild mit dem Namen *Campo*, das links nach oben deutete.

Endlich, murrte er erleichtert, bog ab und fuhr die schmale, steile Straße hinauf, so dass der Gardasee unten im Rückspiegel verschwand.

Nach der letzten Linkskurve stoppte er an einem Verkehrsschild. *Ok. Hier endet der normale Weg für das Auto.* Er entdeckte die blaumarkierten Parkbuchten und staunte über den Parkscheinautomaten. *Das hier am Ende der Zivilisation?*

In einer der blau umrandeten Parkflächen stellte er den Wagen ab. Für zwei Stunden Parkzeit warf er Geld hinein, legte den Schein vorne auf das Armaturenbrett, nahm seine Wasserflasche und begab sich auf den Weg ins Ungewisse.

Auf geht's, sprach er sich Mut zu.

Kurz hinter dem Verbotsschild führte der Weg steil rechts nach oben, und das Schild *Campo* zeigte Marc die Richtung nach oben an.

Na prima. Ich bin bereit. Ein letztes Mal spornte er sich an, hielt die Wasserflasche einen Tick fester als vorher, setzte seine Sonnenbrille auf und begab sich an den mühevollen Aufstieg.

Im ersten Stück lief Marc über einen geteerten Straßenbelag. Dieser war schon arg in Mitleidenschaft gezogen.

Tiefe Unebenheiten durchzogen seine einst glatte Oberfläche. An vielen Stellen brach der Asphalt auf.

Links und rechts der Straße bemerkte er einzelne Anwesen. *Ferienwohnungen,* wie Marc vermutete. Regelmäßig erhaschte er außerdem wunderschöne Ausblicke auf den *Gardasee.*

Was für eine grandiose Aussicht, stellte er begeistert fest.

Das leichte T-Shirt von Marc zeigte erste Spuren der hohen Temperaturen. Nach wenigen Meter des Aufstiegs spürte er seine momentan untrainierte körperliche Verfassung.

Puh, den weiteren Weg stelle ich mir anstrengend vor. Er blieb an einem Stück Leitplanke stehen, nahm einen Schluck aus der halbwegs temperierten Wasserflasche und schaute auf die Weite des Sees. Schon überlegte er, weiterlaufen, als er ein leises Grollen aus der Erdoberfläche vernahm.

Was ist das? Ein Erdbeben? Habe ich schon gelesen, dass es Italien ab und an vorkommt.

Marc spürte, wie der Boden unter ihm schwankte. Instinktiv hielt er sich an der Leitplanke fest und richtete den Blick besorgt nach oben.

Am linken Rand der Straße drückte es den Asphalt heraus, und nach einem erneuten Kontakt der Augen zum sichtbaren Ende der Straße sah er eine stattliche Anzahl mittlerer und größerer Geröllbrocken den Hang hinabrollen.

Verflucht, was ist das für ein Spiel hier? Die komen direkt auf mich zu.

Schnell sprang er über die Leitplanke, kauerte sich dahinter und hörte den Steinschlag ein paar Sekunden später an ihm vorbeirauschen. Dabei schleuderte es die Staubwolken unter der Leitplanke hindurch, weshalb Marc fast keine Luft mehr bekam und ihn mehrere Hustenanfälle befielen.

Drei Sekunden später löste sich der Spuk schon wieder auf. Vorsichtig erhob sich Marc aus seiner Position, die Erde bewegte sich nicht mehr und er kehrte zur Straße zurück.

Der Asphalt auf der linken Seite zeigte keinerlei Spuren weiterer Beschädigungen. Aber was ihn mehr beunruhigte, war die Tatsache, dass von dem Geröll nichts mehr zu sehen war.

In Luft aufgelöst. Wahnsinn. Ich glaube, ich bin endgültig verrückt. Realistische Träume. Ich bin geliefert für die Klapse. Dabei lachte er unendlich blöde, was ihn im Moment nicht im Geringsten störte.

Sieht mich jemand? Gibt es etwas, was mich aus dem Gleichgewicht bringt? Auf geht's, sammelte er sich wieder.

Erneut veränderte der bisherige Weg seine Beschaffenheit. Eine Schotterstrecke löste den asphaltierten Belag ab. Marc schritt inmitten prächtig kultivierter Olivenhain-Terrassen. *Es heißt, die Bäume stehen hier teilweise schon seit 100 Jahren.* Unter ihnen, von der Sonne geschützt, hoffte Marc, dass sich das Weiterkommen ab jetzt weniger anstrengender gestalten würde.

Doch der Untergrund verlief weiter uneben. Sodass Marc beim Laufen mitunter das Gleichgewicht verlor und strauchelte. Nach einer Weile blieb er stehen, denn seine Lunge platzte fast vor Anstrengung, und mittlerweile rebellierte sein komplett verschwitzter Rücken.

Das ist ja heiß wie im Hochsommer.

Die Wasserflasche leerte sich zu schnell, und Marc überkam der Eindruck, umso stärker zu schwitzen, je mehr er trank.

Ein alter Maultierpfad, glaubte er, gelesen zu haben. *Kein Wunder.*

Da fährt man allerhöchstens mit einem Unimog hoch. Oder mit dem Mountainbike. Das ist, so glaube ich, eine geile Angelegenheit, schwärmte Marc euphorisch. *Aber zu Fuß?*

Zweihundert Meter weiter oben wechselte der Schotterbelag zu einem Kieselsteinweg.

Solche Wege, mit dem charakteristischen Originalpflaster, befuhren hier einst die Holzschlitten (caréta). Deren Kufen bestrich man dazu mit einem Bodensatz aus Öl oder Schmalz ein.

Zwanzig Minuten später röchelte Marc.

Mann, ich habe doch keinen Marathon absolviert. Seine Waden schmerzten, die Wasserflasche näherte sich den Exitus, als Marc an eine Abzweigung kam, an der sein gesuchter Ort mit einem steil nach unten zeigenden Wegweiser ausgeschildert war.

Nach oben gab es kein Hinweisschild.

Die sind doch blöd, ich laufe doch nicht erst hoch, dann hinunter, um danach wieder nach oben zu steigen.

Unschlüssig, da es ihm schwerfiel eine Entscheidung zu treffen, verweilte Marc hier für einen Moment.

Er entschied sich für den geraden Weg nach oben. Keuchend betrat er diesen und kam nach der erneuten Steigung aus dem Schatten der Olivenbäume heraus. Erfreut registrierte er ein kurzes Grasstück, auf dem seine Fußsohlen leicht abfederten.

Die pralle Sonne traf ihn mit unbärmlicher Wucht und ließ Marc langsamere Schritte einlegen. Doch sah er zu seiner Freude, dass ein Stück weiter vorne der Weg wieder auf dem alten Pflaster und unter den Olivenbäumen weiterführte.

An der linken Seite des Weges entdeckte er einen Forstarbeiter. „Dove andare a Campo?", erkundigte er sich bei ihm. *Ich muss sicher sein, dass dies der richtige Weg ist.* Ein paar Brocken Italienisch besaß Marc aus früheren Urlauben in seinem Wortschatz.

„Dritto", antwortete der Mann kurz angebunden, und so zog er weiter auf diesem Pfad.

Der satte Grasboden veränderte sich wieder in die schon bekannten Kieselsteine. Nach fünfunddreißig Minuten, in ca. 227 m Höhe, eröffnete sich der Blick auf die ersten Ruinen von Campo, einem verschachtelten grauen Gebäudekomplex, in dem sich die alten Häuser und Reste des Dorfes um einen Rundweg gruppierten.

Krass.

In Marcs Körper durchströmten bei diesem Anblick jede Menge an Glücksgefühlen.

Hinter einer Reihe von Olivenbäumen ragten fünf, sechs alte Gebäude aus dem Mittelalter heraus.

Teils verfallen, manche mit Fenstern, ein Teil nur als Fassade sichtbar.

Stille drang aus dem Ort heraus, auf den seine Augen verweilten. Er schritt das letzte kleine Stück nach oben, entdeckte links am

Hang ein erstes intaktes Haus mit einer alten Baumwurzel davor, und rechts schlängelte der Weg sich weiter zur Mitte des Dorfes. Eine alte Mauer säumte die rechte Seite ein. Danach bemerkte er eine Ruine, bevor sich der Weg öffnete und ein kleiner Platz sichtbar wurde. Ein relativ intaktes Gebäude mit grünen Fensterläden füllte den Raum vor ihm aus. *Scheinbar gibt es hier im vorderen Bereich ein kleines Café oder eine Bar.*

Little John's Area, las Marc verwundert auf einem der Hinweisschilder.

Seine verschwitzten Haare klebten unangenehm am Kopf und eine seltsame Unsicherheit fühlte er in sich. *Nach dem Besitzer der selbigen Bar genannt,* mutmaßte er.

Zu dieser frühen Vormittagsstunde schien das Gebäude verwaist zu sein. *Der Ort verursacht Angst in mir.* Aber eine Erklärung für dieses Gefühl fand Marc nicht.

Unschlüssig, ob sein Weg links oder rechts um das Café weiterführte, stand er für lange Zeit vor dem Anwesen. *Ich bin nicht alleine,* spürte er in diesem Augenblick.

Obwohl absolute Stille um ihn herum herrschte, der Wind erzählte leise seine Geschichten, glaubte er sich beobachtet. Marc entschied sich, den Weg nach rechts einzuschlagen.

Die verfallenen, notdürftig gestützten Häuser erlaubten auf der rechten Seite einen Einblick in die Ruinen.

Ein Weg mit unebenen, rutschigen und schwierig zu laufenden Steinen umrundete das Haus von *Little John*. Langsam näherte sich Marc dem hinteren Bereich, und sein inneres Gefühl von Angst verstärkte sich mit jedem Schritt, den er unternahm. *Beruhige dich,* ermahnte er sich. Aber die einsetzenden Ereignisse ließen dies nicht mehr zu.

Tock, tock, tock...

Im ersten Moment erschrak Marc zutiefst. Seine leere Wasserflasche landete polternd auf den Steinboden, rollte rechts weg und blieb in einem Gestrüpp wilder Pflanzen hängen.

Tock, tock, tock...

Nicht schon wieder. Als Marc sich mit dem Geräusch fast abfand, sah er im Blickwinkel des linken Auges einen Schatten, der sich rasch wegbewegte und verschwand.

Sein Herzschlag verstärkte seine Intensität, Unsicherheit kroch in ihm empor, als würde der ganze Boden unter ihm wegbrechen, bis sein Blick erneut den Schatten wahrnahm.

Marcs Herz hörte fast auf zu schlagen, als sich die Konturen einer Frau herauskristallisierten. *Genauso schlank und graziös, das gleiche Kleid wie im Auto.* Bei Marc sorgte diese Wahrnehmung dafür, dass die Reise in seinen persönlichen Albtraum sich fortsetzte.

Die Frau aus der Bar, die Leiche. Wer ist sie sonst? Julia?

Jegliche Farbe wich aus seinem Gesicht, Kälte überzog den Körper, obwohl er in der prallen Sonne stand.

Immer noch verharrte Marc an der gleichen Stelle, das Geräusch verstärkte sich, und donnernd brummte es zwischen den alten Häuserfassaden.

Tock, tock, tock...

Er spürte den Blick der Gestalt.

Real oder eingebildet, fühlte er ihn bis in seine innersten Eingeweide. Ihre angedeutete Handbewegung signalisierte ihm, ihr zu folgen.

Panik kroch in Marc empor, seine Schläfen hämmerten. Zaghaft setzte er den rechten, danach den linken Fuß nach vorne, obwohl sein restlicher Verstand ihm befahl, sofort die Flucht zu ergreifen.

Tock, tock, tock...

Es zog ihn unausweichlich an, dieses monotone Geräusch. Als er der Frau zögerlich folgte, bemerkte Marc an der Rückseite von *Little Johns* Haus einen kleinen Balkon, auf dem ein Tisch mit zwei Stühlen stand.

Romeo & Julia, las er auf dem Schild daneben. *Stimmt die Sage, dass hier das berühmte Liebespaar Romeo & Julia ein paar Tage und Nächte verbracht haben?*

Ihm fiel der Bericht im Internet dazu ein, den er ein paar Tage vor seiner Abfahrt gelesen hatte.

Julia. Die Julia von Romeo, der er in seinen Träumen begegnete? Nein, das glaube ich nicht. Es ist alles ohnehin schon zu abgefahren, zu schräg.

Zu verrückt fand Marc diese Gedanken.

Das Geräusch lud ihn ein, diesem zu folgen. Er kam zu einem riesigen Feigenbaum, stolperte dort fast die unregelmäßigen Stufen empor und entdeckte eine alte kleine Kapelle.

Ein kurzer Blick nach innen zeigte viele Malereien längst vergangener Zeitepochen, nur das *Tock, tock, tock,* hielt ihn davor ab, die Räumlichkeit näher zu betrachten.

Tock, tock, tock...

Nein, das ist doch weiter weg, dachte er, obwohl er mit jedem Schritt meinte, dass es lauter wurde.

Es prägte sich in seine Gehirnzellen ein, in die Ohren, störte empfindlich jegliche Wahrnehmung und wieder entdeckte er nicht weit vor sich auf dem Weg die weibliche Gestalt.

Warum bleibt sie nicht stehen?

Marc war es leid, dauernd irgendwelchen Hirngespinsten nachzulaufen.

Ein schmaler Weg führte zum hinteren Ausgang des Dorfes.

Tock, tock, tock...

Laut hämmerte das Geräusch gegen sein Trommelfell.

Tock, tock, tock...

So klar und deutlich, dass bei Marc der Eindruck entstand, dass er sich kurz vor der Quelle des Erstehens aufhielt.

Tock, tock, tock...

Eindeutig. Es kommt es aus der Hütte. Auf der rechten Seite stand sie verlassen da. Kleiner als alle anderen Gebäude, und sie besaß zudem eine Eisentür mit Griff.

Vermutlich nachträglich eingebaut, sein Gedanke. *Die ist nicht aus dem Mittelalter,* glaube Marc zu wissen. *Ich fühle mich absolut unwohl hier.* Der Schatten verschwand, das Geräusch polterte wie wild. *Scheiße, warum bin ich hier?* Beim näheren Betrachten der Tür sah er den verdreckten Türgriff. Das Bild deckte sich mit dem aus seinem Traum. *Wahnsinn.* Zu einem anderen Gedanken war sein Gehirn nicht fähig. Er kollabierte fast vor der Hütte und dennoch nahm er allen Mut zusammen, streckte seine rechte Hand aus und versuchte, am Griff zu drehen.

Tock, tock, tock...

Die Tür blieb verschlossen, und beim nächsten Versuch drückte er mit seinem ganzen Körpergewicht dagegen.

Mit einem lauten Knall flog die Tür nach innen, verbrauchte Luft strömte in Marcs Nase, und er bemerkte das flackernde Licht, bevor er unsanft auf dem Boden in der Hütte landete.

Tock, tock, tock...

Seine Entscheidung stand fest. Er rappelte sich hoch und setzte drei Schritte nach vorne und hielt sich somit im Innenraum nahe der Tür auf.

Kaum stand Marc dort, flog hinter ihm die Tür krachend ins Schloss.

„Ohne Wind", hauchte Marc erschrocken. Seine innere Zerrissenheit war kaum auszuhalten. *Mir fehlt die Luft zum Atmen,* stellte er besorgt fest.

Das Licht flackerte immer unregelmäßig in einem ihm bekannten Takt. Er sah ein paar Gegenstände aus seinem Traum, was ihn endgültig zur Salzsäule erstarren ließ.

Von einer Sekunde auf die andere erlosch das Licht in der Hütte, es hüllte ihn in komplette Dunkelheit ein, bevor ihm der Lichtschein unterhalb einer weiteren Tür auffiel.

Passiert es genauso? In meinem Traum ist das so gewesen.

Seine Gedanken liefen auf Hochtouren. Wild und völlig irrational bewegten sie sich zwischen beiden Gehirnhälften hin und her.

Die Luft knisterte förmlich, die Hitze stieg sekündlich an, Marcs Nacken produzierte Schweiß im Akkord und seine Augen starrten wie gebannt auf den Lichtstrahl.

Tock, tock, tock...

„Julia, Julia", erklang eine Stimme, die nicht nach der Frau klang, die er aus seinen Träumen kannte.

„Julia, Julia."

Tock, tock, tock...

Ich werde wahnsinnig. In Marc gewann die Angst die Oberhand. Sein anfänglicher Mut verlor den Kampf gegen seine Panik, und als er das Scharren hinter der Tür vernahm, schrie er voller Entsetzen „Nein!"
Der Lichtschein verblasste und das monotone Geräusch vestummte. Dafür setzte das Flackern des Lichtes langsam ein und Marc stand wie angewurzelt in der Mitte der Hütte.
Hinter sich spürte er einen Körper, der sich an ihm anlehnte, ihn berührte, ihm etwas leise in sein Ohr flüsterte.
Es hörte sich an wie „Grazie".
Schnell drehte er sich um, versuchte mit der Hand nach dem Wesen zu greifen, fiel ins Leere und stolperte nach vorne krachend gegen die geschlossene Tür.
Er rappelte sich hoch, griff überhastet nach dem Türgriff, rutschte ab und landete hart auf seinen Knien.
Sofort spürte er den stechenden Schmerz der Kniescheiben, hievte sich mit letzter Kraft nach oben, fand den Türgriff, öffnete die Tür nach außen, stolperte auf den Weg hinaus über die etwas erhöhte Bodenschwelle und fiel ohne festen Halt auf den Boden vor der Hütte.
Sprachlos richtete er den Blick zur Tür. Verdutzt vernahm er deren selbständiges

Schließen wie von Geisterhand, spürte, wie alles um ihn herum verschwamm, bis er endgültig das Bewusstsein verlor.

Tock, tock, tock...

Ein letztes Mal erklang der monotone Ton, den Marc schon nicht mehr wahrnahm.

Sein Körper lag zusammengerollt auf dem steinigen Boden.

Kapitel 10

„Hallo. Hallo." Eine Stimme näherte sich ihm, wurde dann aber so leise, dass Marc sie undeutlich wahrnahm.

„Hallo. Hallo." Sein Körper spürte Hände, die an ihm rüttelten.

„Hallo. Hallo." Langsam kehrte Marc in die reale Welt zurück. Er roch ein teures Parfüm, schlug seine Augen auf, und über ihn beugte sich eine bezaubernde, nicht mehr so junge Frau.

„Julia." Unfähig an etwas anderes zu denken, spürte er, wie sie einen ihrer Finger auf seine Lippen legte.

„Pssssssst. Später."

Marc blinzelte einige Male müde, bis die Augen sich klärten. Er erkannte, dass er vor der Hütte auf dem Boden lag. Sein ganzer Körper schmerzte, seine beide Knie, sein Kopf, alles flehte förmlich nach einer Schmerzlinderung.

Ihre Hand nahm seine linke Hand, umschlang ihn mit der anderen an der rechten Hüfte und zog ihn schwerfällig nach oben, bis er, zwar etwas wackelig, aber auf den eigenen Beinen stand.

Die Sonne knallte erbarmungslos auf sie herunter. Marc spürte die Hitze, oder war es ihre Nähe? Voller Tatendrang stemmte er seine Füße fest in den Boden und fand Gelegenheit, sie näher zu betrachten.

Dabei gaben die Beine ein wenig nach und er spürte ihren verstärkten Griff um seine Hüfte.

Die Frau aus der Bar, stellte er zu seiner Verwunderung fest. „Was wollen Sie von mir? Was ist passiert?"

„Kommen Sie. Ich bringe Sie zum Auto zurück. Wir fahren in ein kleines Café am See und ich erzähle Ihnen alles. Einverstanden?"

Ohne Gegenwehr stimmte er zu. *Was bleibt mir als Alternative?*, fragte er sich und fühlte sich innerlich leer.

Widerstandlos begab sich Marc in ihre Hände, versuchte seine Gedanken auf das Jetzt zu lotsen, aber es fiel ihm schwer.

Was geschieht hier mit mir? Das Einzige was Marc im Moment nicht mehr verspürte, war die ständige Angst, die ihn die letzten Wochen immer begleitet hatte.

Schrittweise führte sie ihn behutsam aus dem Dorf hinaus. Aber selbst ihre angenehme Erscheinung an seiner Seite heiterte ihn nicht auf.

Mit ihr verband er im Moment Panik, Verrücktheit und Wahnsinn.

Es dauerte über eine Stunde, bis Marc in einiger Entfernung sein Auto auf dem

Parkstreifen erkannte. Er fühlte er sich komplett durchgeschwitzt. Die Kehle trocknete mit jedem Meter weiter aus und er glaubte, einen Sonnenstich zu bekommen.

Endlich erreichten sie die Parkbuchten, sie schleppte ihn an seinem Wagen vorbei, und lehnte ihn an ein Auto, welches etwas weiter vorne parkte.

Sie öffnete die Türen, führte ihn zur Beifahrerseite herum, zog dort die Tür auf und befahl ihm mit liebevoller Stimme „Steigen Sie bitte ein."

Mit Schmerzen quälte sich Marc auf den Sitz, wobei sie mit einem kleinen Schubs nach innen nachhalf.

Danach stieg sie selbst ein, ließ den Motor an und fuhr langsam in den Ort hinunter. *Gefühlte 50 Grad,* empfand Marc die Innentemperatur, und benommen beobachtete er leicht von der Seite, wie sie immer weiter zum Seeufer hinab fuhren.

Dort parkte sie unweit der Abzweigung an einer günstigen Stelle. Mühsam zog sie ihn wieder aus seinem Sitz heraus. Langsam liefen sie an die kleine Promenade des Ortes entlang bis zu einem Café mit einer Eisdiele.

Ein letztes Mal half die Frau Marc beim Platznehmen. Sie setzte sich neben ihn und bestellte bei der Bedienung zwei Cappuccino und einen Liter Wasser mit Kohlensäure.

Schweigend saßen sie die ganze Zeit nebeneinander. Keiner würdigte dem anderen einen Blick.

Als kurz darauf die Getränke auf ihrem Tisch landeten, fing sie zu erzählen an.

„Ich entschuldige mich zuerst für die erlebten Unannehmlichkeiten."

Das ist ja das Mindeste, dachte sich Marc, goss sein Wasserglas voll und stürzte den Inhalt hastig seine Kehle hinunter.

„1976 wohnte meine Großmutter in Campo di Brenzone. Julia Turino."

Gebannt hing Marc ab diesem Zeitpunkt an ihren zarten roten Lippen.

„Sie war damals ein junges Mädchen. 18 Jahre und bildhübsch, gebildet, und sie stand kurz davor zu heiraten, als etwas in ihrem Leben passierte, das sie nie für möglich gehalten hatte."

„Was?", hörte Marc sich fragen.

Irgendetwas fasziniert mich an dieser Frau, bemerkte er, je länger er ihre Gesichtszüge studierte.

„Eines Abends, es war Mai wie jetzt auch, trafen sie sich in der Hütte, in der Sie gewesen sind."

Für Marc ergab das Gesprochene keinen Sinn, denn seine Halluzinationen erklärte es nicht. Deshalb lauschte er weiter ihren Ausführungen.

„Ja, sie wollte heiraten. Einerseits. Aber wenige Wochen vor der Hochzeit verliebte sie sich unsterblich in einen anderen. In Roberto, einen jungen Fischer vom See unten."

Wie romantisch überlegte Marc. *Aber wie endet diese Geschichte, denn meine Erlebnisse sind nicht so heimelig gewesen.*

„An jenem Abend wollte es Julia beenden. Die Liaison zwischen ihr und Roberto. Sie wollte die Hochzeit mit Maurice feiern, auch wenn ihr Herz dabei zerbrach."

Sie unterbrach kurz, schaute tief in seine Augen und sprach weiter.

„Was sie nicht wusste, war, dass es für Maurice kein Geheimnis gewesen ist. Er hatte es durch Zufall herausgefunden."

„Das klingt aber nicht gut", äußerte Marc beunruhigt. *Du bist ein Traum,* stellte er nüchtern an ihrer Seite fest, und wie unabsichtlich berührte er ihre Finger beim Trinken des Kaffees.

„So trafen sie sich so oft wie möglich in ihrem geheimen Liebesversteck. Zumindest glaubten sie das. Julia und Roberto.

Sie nippte kurz an ihrem Kaffee. „Ein allerletztes Mal, so wie Julia es für sich entschieden hatte. Aber bevor sie es Roberto sagen konnte, dass es für beide keine gemeinsame Zukunft geben konnte, stürmte Maurice in die Hütte."

Die Frau an Marcs Seite unterbrach sich kurz, tupfte ein paar Tränen um ihre Augen herum ab und redete etwas leiser weiter.

„Er hat sich sofort auf die Beiden gestürzt. Mit einem großen Stein in der Hand, den er vor der Hütte aufgehoben hatte. Er hat sie einfach beide erschlagen. Erst Roberto und danach Julia."

Mittlerweile bekam sie Schwierigkeiten, die Tränen wegzuwischen. Zu arg wühlte sie die Vergangenheit auf.

Selbst Marc überkam ein sentimentales Gefühl. *Ich vermisse die Verbindung zu mir.*

Bevor er nachfragte, hörte er wieder ihre Stimme.

„Als wäre das nicht schon schlimm genug, ereignete sich nach dem Tod der beiden noch etwas Furchtbares. Maurice bereute seine Tat zutiefst und stürzte sich an einer steilen Stelle den Hang ins Tal hinunter.

Er überlebte es nicht. Soweit die irdische Geschichte", schniefte die Frau.

„Die irdische Geschichte?", hakte Marc völlig verständnislos nach und zog eine Grimasse,.

„Ja. Der Reihe nach", signalisierte sie ihm sich zu gedulden.

„Marie." Gleichzeitig bemerkte Marc die ihm entgegengestreckte Hand.

„Ich bin Marie."

Gerne erwiderte Marc ihren Händedruck. „Ich bin Marc."

„Ich weiß", gab sie zu seiner großen Verwunderung zu. Völlig sprachlos schaute Marc ungläubig in ihr Gesicht.

„Was ist passiert, nachdem sie gestorben sind?"

Mittlerweile platzte Marc vor Neugierde. Bisher vernahm er nichts, was erklären würde, warum dieses Ereignis sein Leben in den letzten Wochen so beeinflusst hatte.

„Ihre Seelen fingen an, sich von den Körpern zu lösen", erzählte Marie leise, als befürchtete sie, dass jemand mithörte. „Beim Aufsteigen in die Erlösung hielt Maurice Julias Seele zurück, bis es für sie keine Möglichkeit mehr gab, wegzukommen von der irdischen Welt. Ihre Seele war somit in der alten Hütte gefangen."

„Was hat das alles mit mir zu tun?" Marcs Schwierigkeiten, Maries Geschichte zu folgen, äußerte er offen.

„Du bist doch Schweizer Staatsbürger, Marc? Gebürtig zumindest?"

„Ja", Marc zog die Augenbrauen nach oben. „Woher weißt du das?" Seine Sinne fixierten sich so auf Marie, dass er weder die leichten Wellen des Gardasees ,das Kreischen der Möwen noch den Duft des Jasmins direkt neben ihnen wahrnahm.

„Vor zwei Jahren ist mir Julia das erste Mal im Traum erschienen. Frag nicht warum. Vielleicht bin ich dafür anfällig gewesen. Ich weiß es einfach nicht."

Dabei spähte Marie sehnsüchtig auf den See hinaus.

„Ich spürte ihre Last, das Erblassen ihrer Seele. Wenn du zu lange in dieser Welt bleibst, kommst du nicht mehr weg. Und ihre Zeit lief langsam aber sicher ab. So erzählte sie es mir."

Es fiel ihr schwer, weiterzusprechen.

Marc legte eine Hand auf ihren Unterarm als kleines Zeichen seines Trostes.

„Marc. Maurice ist dein Großvater gewesen", flüsterte sie ihm leise in sein Ohr.

„Was?", stieß Marc fast entrüstet heraus. „Jetzt wird es mir aber zu blöd."

Schon war er im Begriff aufzustehen, aber Maries Stimme hielt in fest.

„Dein Großvater stammt aus Morges, aus dem Ort, an dem später dein Vater gelebt hat und in dem du geboren bist."

Fürs Erste entschied sich Marc gegen einen Aufbruch. *Woher kennt sie diese Details?* Er wusste nicht alles über seinen Großvater und hatte ihn nie persönlich kennengelernt.

„Weißt du, dass dein Vater ein uneheliches Kind gewesen ist?"

„Ja, das hat er mir einmal erzählt. Aber meinen Großvater kenne ich nicht", gestand er Marie. *Gibt es etwas an dieser Geschichte, das stimmt?* Sein Vater verweigerte immer jede Auskunft über seinen Großvater.

„Und warum ist diese Julia, deine Großmutter, mir im Traum erschienen?" Jetzt schritt Marc in die Offensive und hoffte, eine

Gewissheit über seinen Gesundheitszustand zu erfahren.

„Im Traum habe ich die ganze Geschichte von Julia kennengelernt. Sie hat mir von dir erzählt. Dass sie lange gebraucht hat, genügend Kräfte zu bündeln, um dies alles herauszufinden. Sie hat mich gebeten, dich in die Hütte nach *Campo di Brenzone* zu bringen. Nur dort ist es möglich, den Bann zu brechen, und sie besitzt dadurch die Möglichkeit, endgültig in die Stufe der Erleuchtung aufzusteigen."

„Klingt ganz schön abgefahren", gab Marc ihr zu verstehen.

„Ich weiß. Nur einer aus der Blutslinie deines Großvaters kommt dafür in Frage. Nachdem dein Vater gestorben ist, bist nur du als Einziger übrig geblieben."

„Somit habt ihr in Kauf genommen, dass ich an einem Herzinfarkt sterbe!" *Hat mein Vater davon gewusst?*, überlegte Marc nur für sich.

„Wir haben zumindest gehofft, dass du es schaffst", lächelte ihn Marie an. *Es fällt mir schwer, sauer auf sie zu sein.* Marc spürte ein warmes Kribbeln in seinem Körper.

„Also habe ich dich gesucht und dafür gesorgt, dass du zur Hütte kommst."

„Warum ist es nicht einfacher gegangen?"

„Wie? Hallo Marc, ich bin Marie, deine Begleiterin in Leben und Tod. Und du sagst sofort prima und hilfst mir?"

„Vermutlich nicht", lachte Marc.

„Und es hat noch jemanden gegeben, der verhindert hat, dass du die Hütte erreichst."

„Weißt du eigentlich, dass mein ganzes Leben aus den Fugen geraten ist? Diese Albträume. Diese Erscheinungen. Dieses furchtbare monotone Klopfen?"

„Die Erlebnisse in deinen Träumen von der Hütte, der Stopp an der Autobahn, die Steinlawine, all dies ist die dunkle Seele deines Großvaters gewesen."

„Na Mahlzeit, und sowas nennt sich Familie", urteilte Marc hart.

„Der Rest, verzeih mir, geht auf mich. Julia hat mich als Medium benutzt. Wir haben immer versuchen müssen, den mächtigen Störungen deines Großvaters entgegenzusteuern. Wir wollten schließlich nicht, dass dir etwas passiert oder du ins Gefängnis musst."

„Wie gnädig", warf Marc schon ein wenig besänftig ein, und es schüttelte ihn durch und durch, als er an die schweren Geschütze des Großvaters dachte.

„Seine Seele ist böse gewesen", fuhr Marie fort.

„Und jetzt?"

Beim besten Willen vermochte sich Marc nicht vorstellen, dass alles vorbei war.

„Alles gut", strahlte ihn Marie glücklich an. Julia ist eine Ebene weiter nach oben aufgestiegen. Befreit von der schwarzen

Seele von Maurice. Und du wirst in der Zukunft hoffentlich keine Alpträume mehr haben."

„Ich kann es noch gar nicht glauben."

„Doch es ist die Wahrheit."

„Die Wahrheit. Da bin ich mir in den letzten Wochen auch nicht mehr sicher gewesen, was das ist. Du glaubst gar nicht, wie unendlich dankbar ich darüber bin, wenn alles vorbei ist."

Er lächelte Marie an und sie erwiderte seinen Blick.

„Wie lange bist du noch hier?", hörte er sie fragen.

„Mindestens noch eine Woche", verriet ihr Marc.

„Darf ich dir als kleine Entschädigung den Gardasee zeigen?"

„Sehr gerne", antwortete Marc. „Aber nicht in dem Zustand, in dem ich gerade hier sitze", und deutete auf seine verschwitzten Klamotten.

„Nein, sicher nicht", säuselte Marie.

Entspannt lehnte sich Marc zurück und betrachtete die Sonnenstrahlen über den See. Ein paar Schwäne zogen friedlich auf dem Wasser vorbei, als er kräftig zusammenzuckte.

Tock, tock, tock...

Er drehte den Kopf und erblickte zwei Kinder, die am Ufer Steine aufeinander schlugen.

Tock, tock, tock...

Der See verschluckte Marcs Lachen, dass Marie als ungemein ansteckend empfand.

Sie lehnte sich an seine Schulter, und in aller Ruhe genossen sie den ersten gemeinsamen Moment.

Die letzten Worte richte ich an Sie,
verehrte Leserinnen und Leser.
Vielen Dank,
dass Sie meinen Roman gekauft haben.
Ich würde mich freuen, wenn Sie mir
mitteilen,
ob er Ihnen gefallen hat.

Schreiben Sie mir eine Mail unter:
harald.weiss60@yahoo.de

www.haraldweiss.info